We read the world

去公园
和野外

單 讀

ONE-WAY STREET

30

**A DAY
AT
THE PARK
/
A DAY IN
THE COUNTRY**

上海文艺出版社
Shanghai Literature & Art Publishing House

單向空間
ONEWAY

出品人	许知远　于威　张帆
主编	吴琦
编辑总监	罗丹妮
装帧设计	李政坷
编辑	赵芳　何珊珊
英文编辑	Allen Young

《单读》荣誉出版人

Paradox　昕骐　吴凡　Shining　朱佳颖　沈欣华　陈颖 Amelia

小地方

　　小时候缺乏和大自然的直接联系。有同学把天牛和蝉一类的昆虫抓到教室里，都会大吃一惊。上学路上有几个水坑和土堆，就觉得是崇山峻岭。南方的家乡有山有水，但自己频繁地草率地路过，不太花时间去欣赏，进步的车轮好像不经过那里。

　　那时候觉得自然就是自然而已。

　　去年被困在了北京，于是今年回家过年的愿望到达了顶峰，不论如何都要回去。此前两年，情感在疫情中被压缩又被抽空，很少出现这种纯粹的向往之情。回去发现马路下面都被挖空，做成地下商场，郊区的山都被铲平，要建新区，钢铁厂的大烟囱和江水一样，日夜不息。我目睹这些变化，却不真的在意，也不介意小镇青年啊乡愁啊这些越来越被贬低的坏词。去他们的，我只想回到家人身边，紧紧抓住吃每一道好菜的权利。

　　在大的时代奔腾里，小地方给我们安慰。

书店搬家后就有了露台，我抢了几个角落，作为植物的培养基地。种的植物都很平常，月季、茉莉、琴叶榕、仙人掌一类，种法也很粗放，经常被同事嘲笑，怎么那么不修边幅。有的同事也会把他们的植物搬出来，离职后大多便不带走，我自然就收养过来。别的同事们再看到我给它们浇水，渐渐不再面露诧异的表情，好像接受了我开这样的小差。慢慢地，人换了几茬，花盆也比植物多，我不再新添什么，光照顾比较能忍耐的那几株。

　　有的植物长得快，被阳光一照，叶子和花都日新月异，这样反而没什么成就感，人力所能做的，只是保证水肥不停而已。还有的，一年到头没什么动静，很长时间才抽出一片叶子，或是一朵花，这时候只能付出日复一日的等待，情感劳动的含量还更高。有一株柠檬需要人工授粉，我试了几次都不得要领，偶然一次似乎成功了，经过几周的缓慢生长，最后竟然长出一只鸡爪般的佛手柑。这算是这个露台上几年来最大的新闻。

　　我把这点简单重复的劳动藏在工作里，就像是植物的呼吸。

　　把几件不搭界的事情，联系在一起说，像是自己思维上的一个毛病。在不同的问题上腾挪，会带来暂时的轻松，也有可能提供另类的灵感，帮助我们从沉痛的现实里起飞。我从记忆里偷来这几个瞬间，也是想给眼下越来越喘不上气来的生活找办法，绕开那些逻辑上严丝合缝的二元对立。不管是公园和野外，还是家乡与露台，本质上都不构成什么像样的宣言或者反对，大概只算一口叹息、一个转身、一次闭眼，把注意力从那些效率惊人、尺幅巨大的事物上移开。往回看，向下走，获得片刻的清明。

有一年的单向街书店文学奖上，陈丹燕老师说的一句话我一直记着。她去过那么多地方，得了那一年的旅行写作奖，在台上却说，"世界其实是一个小地方"。一个当然是鼓励我们不用怕，尽管去冒险，再有一层更打动我——也可能是我的演绎，新知其实就那么多，也没那么难获得，不比自己心里的小世界更难撼动。

世界首先内在于自己，然后才大于自己。

关于世界每况愈下的描述已经很多了，很难在这个方面再添新意。战争再次出现，每一个人都开始和仇恨沾边，而锁链并没有断，同时铐住了解铃和系铃人。之前以为乱象只是话语的分裂，现在看是话语的消灭，不仅让人与人之间无法沟通，更让你们停止靠近，停止了解。的确像是回到了一个世纪之前。于是想起茨威格所经历的19至20世纪的版本，"我们竟将如此层出不穷的变故挤塞到一代人生活的短暂时间之内，那当然是一种极其艰难和充满险恶的生活——尤其是和我们的祖先们的生活相比"。

这种时候我们可能需要停止对新世界的赞美，事实证明它未能提供更多生存的可能。但是接下来去哪里呢？并没有人知道。可见的出路大多只是故伎重演。只好先允许自己叹息、转身、闭眼，在更小的尺度上生存，同时渴望在心里凿出一条很深的地道，通往这世上最不可撼动的那一层。在公园里，我最喜欢的事之一，就是对着那些几百岁的老树发呆，它们什么都不说，却一定什么都懂，真想喊它们起来做个访谈。

这时候觉得自然是对扭曲世道的更正。

于是，单读的理念也应该改为，在狭隘的世界，做个宽阔的人。

吴琦

⇄ 话 题

大沼泽纪事

撰文　尚毅

大沼泽纪事

2020 年元旦，我们在佛罗里达大沼泽地国家公园（Everglades National Park）第一次看见了海牛。那天海边船埠一个水龙头拧不上，水滴滴答答漏到海里，下面有四头海牛接着。喝淡水显然是它们难得的享受。它们张嘴对着水滴，嘴像巨大的猪鼻子，但比猪鼻显得柔软且易于变形，嘴唇上很多小坑，每个坑里长一根胡子，两个鼻孔盖着盖，呼吸时就把盖打开。

其中一头占好了位置，竖在水里喝一会儿，又换个姿势仰躺着喝，露出坦荡荡白花花的肚子。它们蛮低调，跟大象一样奶头长在胳肢窝里，又像鲸鱼一样把鸡鸡藏在肚皮里，所以看不出性别。旁边三只也着急要喝，它们不吵不闹，只把大胖身子扑在喝水那哥儿们身上，把它挤走。有时那位不动窝，它们就用小扁胳膊推一下。有时它们还用大肉嘴互相推搡，像在亲嘴似的，这应该是它们最激烈的冲突了，也很温柔。问旁边人能不能把水龙头开大点。说是刚才试过，一开大，它们就吓跑了。

那天我们一早进公园，车开了快俩小时才到海边。公路两边草原直铺天际，草上罩着一层薄雾，一些黄嘴的大白鹭四散在雾里，像纸板剪的一样静立不动。间或有一丛丛树，像草海里浮出的岛屿。

大沼泽地国家公园建成于1947年，在当时的28个国家公园里是很各色的一家。从黄石开始，到优胜美地、大峡谷，国家公园的第一要义是保护风景，特别是壮丽风景，算一种爱国主义教育（"你们欧洲有大教堂，我们美国有大山"）。沼泽地是否能激发民族自豪感，不好说，在这建国家公园，很多人不理解。这个公园的特点是蚊子多，地像拿刨子刨出来那么平，水流得比蜗牛还慢，乍看似塞伦盖蒂的开阔草原，实际是一条无岸大河，它蹑手蹑脚地流，像一只铺天盖地的大蘑菇，把菌丝坚决而迟缓地伸向远方。地势以肉眼不可见的角度向西南倾斜，水在草的掩护下，从北缓缓淌到南，平均一天流400米。

它的另一个特点，大概可以说是贵。从19世纪末开始，面积接近一个海南岛的佛罗里达大湿地成为几代人竞相砸钱的地方。资本的牛皮和拓荒者的梦带动南佛地价数次飞升，又一次次被顽固不化的大泥潭绊住。1948年，美国陆军工程兵团接下雄心勃勃的佛罗里达中南部工程，花几十年斥巨资把公园以北近3000平方公里的沼泽抽干改造为农田，赫然发现下游的国家公园随之命在旦夕。2000年，美国国会通过了投资近80亿美元的"大沼泽地全面复原计划"（The Comprehensive Everglades Restoration Plan），又是同一支部队接下这个工程，准备花几十年再把干地加湿一点，至今还没忙完，据说投资仍需追加几倍。大沼泽地保护项目已成为全球耗资最大的环境修复工程。

水、火、鸟

佛罗里达是个气候疯狂、地质稳定的地方。往近了说，台风一年虐似一年，即便雨季里正常的一天，从阳光灿烂到暴雨倾盆来回几个掉头也是有的。往远了说，上亿年没有剧烈的地壳运动，以海洋生物沉积成岩，凝固成海面一样平坦的地势。大沼泽地里高出20厘米的地方就有与周围不同的土质和植被，东岸迈阿密一带海拔高出近10米，基本就算佛州"青藏高原"。生物骨架灰岩被雨水侵蚀形成蜂巢似的地下溶洞，收纳暴雨后平地上走投无路的积水。一马平川的地面，加上丰沛的降雨和地下水，造就了美国现存最大的 一片湿地。

南佛罗里达是水泡出来的，也是火烧出来的。湿地着火这事不稀奇，因它的土壤常以有机成分为主，相当于原始的煤。从上一次冰川期海平面下降、南佛罗里达浮出水面，至今不过几万年，通过岩石风化造土的时间很短，全靠生猛的热带植物从石缝里生长又腐烂，在水族尸骨变的石头上铺起草木变的泥土。夏天一个闪电，就是在大蜂窝煤上擦一根火柴。一年年经火的焦炭给土地染上了一层深黑的颜色。火筛选出这里特有的植被，吞噬额外积起的土壤，把地面削到与地下水位持平的高度，维持着湿地的面貌。

这里是美国的起点和终点。1497年，白人第一次踏上今日美国的领土就在迈阿密以南的海湾。四百年后，北美野牛都快灭绝了，南佛罗里达还像刚果丛林一样幽深莫测，是下48州[1]最后一块有完整地图的领土。19世纪，白人军队在这儿跟印第安人打了多年仗（塞米诺尔战争），也只测绘了零星地带。那是美国人打的第一次"越南战争"，艰苦卓绝。白天他们在沼泽地里行军，晚上蚊群像飞行的板砖，可以扑灭篝火。

这个苦逼又神秘、像个恶毒的谣言似的地方，最早引人注目的宝贝是它的羽毛。19世纪30年代，已经成名的

1　下48州（lower 48 states），描述不计夏威夷和阿拉斯加以外的美国48个本土州。

约翰·奥杜邦[1]两度南下佛罗里达，发现了52种未知的鸟类，在蚊子和鳄鱼包围中度过了观鸟（以及猎鸟）生涯的高潮时期。在他的七卷本彩绘图鉴《美洲鸟类》里，南佛的大型涉禽最令人难忘。经过近二百年浩劫，当初胜景不复再现，但大沼泽地至今仍是个傻瓜观鸟的绝好去处，反正2020年年初那几天，我们两个没见过世面的人在那儿看得心花怒放。

刚捉完鱼、在水边展开双翅晾晒雍容羽毛的蛇鹈，像微缩绵羊一样结队在草坪上埋头捉虫的白鹮，沙滩上一步一撅屁股、目不斜视从我们眼前走过的鹈鹕，还有羽毛雪白、嘴大头秃的林鹳，脑袋上像戴了个毛线头套，不吃东西的时候爱敲着两片大嘴，发出打竹板的声音，大概相当于人吧唧嘴。

看到海牛的那天，公园巡查员克里斯蒂教我们分辨飞翔中的琵鹭和火烈鸟：如果通身粉红就是琵鹭，若红翅膀加个黑边则是火烈鸟。教完自己又找补说，这都是理论。

"实际呢？"我们追问。

"实际火烈鸟在这个地方基本看不见，赶尽杀绝一百多

1　约翰·奥杜邦（John Audubon, 1785—1851），美国著名鸟类学家、自然学家、画家，他创作的鸟类图鉴《美洲鸟类》(The Birds of America) 在当时被认为是有史以来最出色的鸟类学著作之一。本文插图均选自该书。

白头海雕 (Bald Eagle)

年了，要看得坐船去加勒比海的小岛。"

这项一百年前已经过时的技能大家倒是学得很起劲。后来果真有大粉鸟像一片巨大花瓣从我们头顶掠过，克里斯蒂还考我们，大家都很较真地仔细观察：没有黑边，是琵鹭！望远镜里可以看到扁扁的嘴像只大饭勺。

运气好的话会看到巢群，我们曾划船经过海湾里一个巴掌大的小岛，被红树林盖满，夕阳西下，大鸟从四面八方归巢，它们收起翅膀像无数贝壳嵌进树丛。这样一块巢群地如今被严格保护，而一百年前一经发现，会成为猎鸟人的行业机密。

在佛罗里达，吃鱼的鸟冬天筑巢孵蛋，冬春是旱季，鸟在浅水里容易抓鱼，猎鸟的人也正方便深入沼泽，只需找到一片巢群就可以逐只射杀，收获它们新婚的羽毛[1]。大鸟不会抛弃幼雏，眼睁睁看着同伴一只只倒下。杀害它们的却也不尽是唯利是图之人，曾经有猎人被敌对帮派捉住，因不肯供出本帮的巢群地机密，壮烈牺牲。人舍生而取的那个义，有时是个奇怪东西。

保育与进步

1879年，世界洋际运河研究大会[2]在巴黎召开，与会的除了少数各国代表，以巴黎热心群众居多，特别是有闲妇女，这点无须统计，一望即知——会议大厅羽毛攒动犹如一片巢群。羽毛帽饰作为贵族时尚，在欧洲历史悠久。19世纪，正是运河与铁轨铺出的广阔市场打开了中产消费的无底洞。一时间，体面女士帽子上不粘几根鸟毛，似乎无法出门见人，特别酷炫的要在脑袋上顶一整只标本。与此同时，西欧各国的水利工程遍地开花，湿地开荒成就喜人，

---

1 很多鸟在求偶繁殖季节的羽毛跟它们在非繁殖季的羽毛完全不一样，甚至喙的颜色都会变，不同季节去看同一只鸟，特别是雄鸟，根本认不出来，繁殖季羽毛更鲜亮，当然也更值钱。

2 这次会议讨论的洋际运河即巴拿马运河。

工业城市雾霾重致昼夜难分，1873年曾有伦敦市民大白天睁眼走进泰晤士河。

这个只有二百多年殖民历史的新大陆也不遑多让。1886年，一位观鸟人在曼哈顿商业区溜达两圈，从逛街女士的帽子上认出了160种不同鸟类。美国东部的森林面积在急剧缩水，曾经数以十亿计的旅鸽已经踪迹难寻，匹兹堡等钢铁基地的空气质量直追伦敦。

1903年，美国总统西奥多·罗斯福与当年在曼哈顿数帽子的那位观鸟人会面后，宣布成立全国第一个野生动物保护区，就在佛罗里达东海岸的鹈鹕岛，那是当时几乎被屠杀殆尽的褐鹈鹕仅存的几块小小巢群地之一。同年，在佛罗里达州长推动下，通过了一项全州范围内的猎羽禁令。

在他二十年后出版的《一位爱书人的户外假期》（A Book-Lover's Holidays in the Open）这本书里，老罗斯福写道："失去看鹈鹕在落日红霞中归巢这样的机会，就像画廊里丢失了一幅古代名画。"褐鹈鹕是非常可爱的动物，它们给我带来的联想倒不怎么像世界名画，更像动画片。佛州海边常看到它们，几个一群飞起三五米高，倒竖着以很凶猛的姿势往海里扎，刚碰到水面就一屁股坐了起来。

然而在1903年的佛罗里达宣布禁止猎鸟，有点像在2020年的佛罗里达要求大家戴口罩，与其说命令，不如说是呼吁，行动力还要落实在民间组织。一位《美洲鸟类》

的忠实小读者，长大后借偶像之名成立了以护鸟为主旨的奥杜邦协会（The National Audubon Society）。1905年奥杜邦护鸟人盖伊·布拉德利（Guy Bradley）在南佛罗里达遇害，在这位类似索南达杰[1]的英雄死后，限制鸟类买卖的立法得到了推动。更管用的是，所谓时尚，一旦沾上这种你死我活的故事，美感也要变味。随后二十年间，羽毛帽饰逐渐为青楼女子独享，良家妇女避之不及。大沼泽地的鸟开始从绝迹边缘回归。

19世纪末到20世纪的头二十年，在美国被称为"进步主义"时代。什么叫"进步"呢？从戴羽毛帽子到不戴羽毛帽子，应该算进步吧。与其他时代相比，那个时代的人特别进步吗？这倒难说，但他们有一个鲜明的特点，他们相信进步。

回到1879年巴黎那场世界洋际运河研究大会。开完会没两年，法国人就志在必得去挖巴拿马运河了。挖了十多年，人财两空，因为疟疾和黄热病死的人太多，加上一些基本的工程难题没有解决，公司解散，无数小股民破产。其实死人和工程的问题从一开始就是明摆着的，为什么还去挖呢？因为相信科学在进步，相信项目进行中就会迎来防

1　杰桑·索南达杰（1954—1994），曾担任青海省玉树藏族自治州治多县县委副书记。1994年1月18日，在与盗猎者的搏斗中牺牲，被誉为"可可西里保护第一人"。

治疟疾和黄热病的突破，只要开始做，工程问题就会迎刃而解。照世界进步的速度，掐指一算，这些事必须发生。

正是这个"进步"的信念暂时解救了大沼泽地的鸟，但永久性地改变了这片沼泽。

今日"环境保护"的理念萌芽于进步主义时代，当时的说法叫作"保育"。作为保育运动当之无愧的旗手，老罗斯福在任内成立了5个国家公园，51个鸟类保护区，此外，以国家纪念区、森林保护区等种种名目划出93万平方公里的国有土地实行不同程度的保护。

然而"保育"这个词并不完全等同环保。它的要义在于有计划、有效率地使用资源，减少浪费。在政策层面，这场运动最早从灌溉西部开始，其逻辑是：要解决工业化和城市化带来的污染及其他种种问题，必须开辟更多可耕种土地，疏散城市人口；要在干旱的西部继续开荒，需要实现水资源的保存和有效利用；而要保水，需先护住水源地的森林，如此环环相扣。

灌溉西部的逻辑应用到佛罗里达就是抽干湿地。对原教旨保育主义者来说，有鸟没鸟并不是了不得的大事，他们真正关注的是土地和水。所以在南佛罗里达，与护鸟顺理成章同步进行的是改造湿地。

逻辑是这么个逻辑，实施起来并不简单。在以"分权"原则为定海神针的美国政治传统中，联邦政府权力之小、掣肘之多，是这个体系以外的人难以理解的。建国头五十年，联邦政府在某个州境内修条路都会被斥为"违宪"——宪法规定你们可以在我州修路了吗？宪法当然没有这么龟毛的条款。时至2020年年底，拜登在竞选总统时号称上任后要命令全国戴口罩。"你怎么命令全国呢？"人家就问。"我一个州长一个州长去找他们谈！州长要是不同意，我就去找市长和县长谈！"

因此保育运动的急先锋们致力于扩大联邦政府的责任范围，加强总统和内阁的行政权力，减小国会控制。在他们看来，议员的职责是维护各自选民的短期可见的利益，所以国会的行为没有一个统一纲领，他们总是处于一团混战之中。但是一片森林怎样管理才能持续输出木材而不枯竭，一条河怎样控制才能保证航运灌溉等需求并消除水患，这需要专家来集中规划设计，不能谁票多就听谁的。

在河之洲

我们的飞机在2019年最后一夜到达迈阿密，降落前在一块巨大的黑暗地带上方飞行了不短的时间，我猜那就是大沼泽地国家公园，之后一条笔挺的分界线把黑暗和光亮隔开。

国家公园里不提供食宿，我们住在迈阿密南边的小镇，出了住宅区就是商场，店铺只盖一层，横向铺开，一副地不要钱的样子。一月初，白天都是20多度，太阳一出来连件薄外套也穿不住，巨大超市里冷气开得像冰库。一大早停车场上常有几只火鸡秃鹰（又名红头美洲鹫）扎堆儿待着，它们在等白天上升的热气流助力起飞，比较讨厌的是它们闲着没事爱啃车轱辘，还专门挑新轮胎。

去往公园的路上，只有农田、公路和笔直的沟渠。这一带属于迈阿密"高原"，因为海拔有个几米，排水相对容易，现在是一个在全国排得上号的蔬菜产地，仰仗靠近北回归线的气候，一年四季无须休耕，热带水果和观赏型花木的产量也很骄人。这里其实土地贫瘠，或者应该说压根不剩多少土了，靠一股汽油便宜的横劲儿种地——石耕，用机器直接把石灰岩打成土。

公园占地6000多平方公里，多数地界属于保护区，只有屈指可数的几块向游客开放，饶是这样，去野地里玩，初来乍到者往往不得要领。想看野生动物，情报很重要。像我们这种动植物睁眼瞎，必须见人就问，而且要现学现卖，从甲处得来消息转头就告诉乙，于是乙八成也会知无不言。英语里管这个叫，我帮你挠背，你也帮我挠。

除了互相挠背，还有个办法是找志愿者或公园巡查员，每周不同时段都会有这些人带着游客一起看鸟看植物看星星。克里斯蒂就是我们某次参加观鸟活动碰到的。那天她

黄腹鹨 (American Pipit)

带我们走了海边以盖伊·布拉德利命名的一条小径，没走几步就看到一只鹗，它站在树上一个大巢边，白身黑翅，黄眼珠，眼睛上一抹黑带，像假面舞会上戴的面具。克里斯蒂说它们半年在这里抚育幼雏，之后离开，再过半年回来，旧家往往已有些破败，雄鸟四处搜寻树枝等建材衔回来补巢，雌鸟看不顺眼的就从窝里扔出去，雄鸟老老实实再出门去寻。回去查了一下，有人说这就是"关关雎鸠"的"雎鸠"，难怪恩爱。

同行的人边走边互相讲蚊子故事。一位来自肯塔基的小伙子说他昨天傍晚在哪里停下看鸟，忘了关车门，一回头的工夫，车里呼啦进去100多只蚊子。克里斯蒂也说，以前游客中心凡是有门的地方要装"吹蚊子机"，不然夏天一开门就进来几百只，可惜那栋小楼在2017年的飓风中被毁了。

克里斯蒂似乎用飓风来纪年，她是从2005年飓风前开始在这里工作的。大沼泽地南端名为"火烈鸟"的这个游客中心一共两名全年巡查员，她是其中之一，这之前她在阿拉斯加的迪纳利国家公园（Denali National Park）和犹他的锡安国家公园（Zion National Park）干过多年。肯塔基小伙说他在申请大沼泽地冬季巡查员的工作，克里斯蒂说这岗位抢手得很，全美的国家公园旺季几乎都在夏天，冬天招人的只有两处。说着我们在另一棵树上又发现了鹗巢，远眺似乎是空的，用望远镜搜索，巢里一对小黄眼珠正精光四射地往外看。

有水面的地方就有很多鹭，绿鹭个头小些，黄眼圈，一抹翠绿眼影；蓝鹭个儿大，脑后一根带仙气的翎子。还有一种跟鸽子差不多大的艳丽小鸟，名为紫水鸡，全身朱黄蓝紫，像拿花布缝的，用一双大黄脚爪在荷叶上行走。

鸟多的地方一般都会有鳄鱼。内陆沼泽碰到鳄鱼不必害怕，这种是短吻鳄（alligator），很随和，任人观赏，而且跑不远，只要隔个三四米距离就能保证安全。脾气冲的

普通秋沙鸭 (Common Merganser)

鳄鱼（crocodile）生活在咸水里。鸟喜欢在有鳄鱼出没的地方筑巢，因为像浣熊这类爱偷鸟蛋的孽畜碍着大个儿不敢妄动，而一窝小鸟总有个把养不活的可以送给鳄鱼填个牙缝。

　　在佛罗里达那些天，我们很勤勉地日日早起，赶集一样去赶观鸟的好时段。大平原上的低矮云彩映着初升的太阳，从淡玫红变成橘黄色，让我想起我妈常念叨的北大荒的日出。一马平川的地方，天大地大，格外孤独，日出和日落是一天最惊心动魄的事件。北大荒的土和南佛罗里达沼泽一样黑得出油，是富含腐殖质的典型湿地易燃土壤。我妈说，那时候每年春天要救火，夏天要修水利。火怎么来的不知道，水利要干嘛也说不好，反正修水利就是挖土，救火还是挖土，刨一道深沟，把从水泡子方向过来的火跟农田隔离开。东北三江平原开垦之前有30 000多平方公里湿地，现在还剩不到四分之一。

水泥军团

今天的佛罗里达中部有两个闻名于世的地标，一处是迪士尼乐园，另一处是卡纳维拉尔角[1]。在还没有米老鼠和火箭的年头，这里是佛州大湿地的起点。一条蜿蜒的基西米河（Kissimmee River）从这里发源，向南流入面积接近太湖的奥基乔比湖（Lake Okeechobee）。河与湖每年雨季泛滥，哺育沿途的草海。

抽干湿地原本看上去并不复杂，无非也是挖土，修几条运河把奥基乔比湖的水直接排到海里，保证湖水不再泛滥，如此就截断了湿地一多半的水源。邪门的是，湖水水位下降以后，湖岸也随之下沉，于是湖水照旧泛滥。这个

---

1 卡纳维拉尔角（Cape Canaveral），肯尼迪航天中心所在地，是美国距赤道最近的航天中心，20世纪的登月火箭全部从这里发射。

行话叫土壤沉降，和湿地自燃一样是土壤有机质含量太高引起的自然现象。土里的细菌平时在水淹状态下缺氧，水排走以后，细菌接触到氧气，从发酵模式切换到呼吸模式，活性大增，胃口倍儿棒，有机质在它们旺盛的新陈代谢中被分解成二氧化碳和水。可以说土被细菌吃掉了，或者说是氧化了，反正这也是一种缓慢的燃烧，土壤消失，换来的是巨量碳排放。

最早几轮湿地改造自然是不允许联邦政府染指的，但意外出现的沉降难题使得私人与州政府组织的工程出师未捷，资金链纷纷断裂。20世纪20年代由飓风引起两次大洪水，拓荒者伤亡惨重，迫使联邦政府出手，派出身经百战的美国陆军工程兵团，沿奥基乔比湖筑了一圈大坝，暂时解决了泛洪的问题。

湖水停止泛滥以后，湿地越来越干，土壤继续沉降，而且火灾愈发严重。火从前不是问题，因为起火原因多为夏季闪电，而夏天是雨季，火势一般不会扩大。但如今水源被截断，地下水位下降，这意味着一旦着火，火势会很快从地表转移到地下溶洞。风吹不熄雨浇不灭、闻得着看不见的地下火是南佛罗里达贯穿20世纪的又一大奇观。有时枝繁叶茂的一丛树林突然塌方——树根被烧没了。

此时的南佛罗里达变成了一个不折不扣的炼狱，古早的荒野在走样，憧憬的农家乐也没捞着。"二战"以后不得不再次祭出工程兵团，开始了浩大的佛罗里达中南部改造项目。

美国陆军工程兵团的口号是一句法语——"让我们试试看！"（Essayons!）。传统的美国工程设计有一种民间手艺人的试错精神，比如当年在世界上长度排第二的伊利运河，把纽约与五大湖水系相连，给19世纪美国经济踩了关键一脚油门，那是两名自学工程的纽约律师设计的。不过工程兵团这句朴实的口号一定要用法语来说，事出有因，这个组织确实有着美国政府机构中罕见的欧陆传统。军队里维持一个专门的工程兵团，参与和平时期的土木工程，在英美体系中是个很奇怪的主意。在他们看来，筑坝修桥这种事应该交给有经验的私人集团，公开招标，政府即便出资也应该仅限于做个甲方。

1802年，根据法裔工程师皮埃尔·朗方（Pierre L'Enfant）的提议，以法国路桥兵团为蓝图，美国国会通过了法案，创建了工程兵团与它的培养基地西点军校。法国工程师可不拿自己当手艺人，他们是拿破仑的金蛋，背靠法国数学界的辉煌成就，为着"国家、科学、荣誉"而生。他们的风格不是"试试看"，而是全面统筹，周密计算，一气呵成。美国陆军工程兵团青出于蓝，不仅日后完成了法国人烂尾的巴拿马运河，而且二百多年来，在改进本国航运、控制水患方面立下赫赫战功，只是法式精英气质让它在民间一直不招人待见。

1948年，佛罗里达中南部工程启动，其时湿地南端的国家公园已经成立。在北部，全面开荒的雄心业已湮灭，只划出土层最深厚的一片作为农业区。开发农业区的办法当然还是挖土，只是挖得更猛烈些——用运河和堤坝两套网络把地分成小块，如同格列佛在小人国被从头到脚绑成个粽子，任一区域既可蓄水，又可排水。互联水库、大型泵站以及复杂的水闸系统可以随时改变水流方向并且在平坦地面上提高水速，水多了抽掉一点，少了就从水库里调回来一些，总之每一块地尽在掌握。

这已经不是拿破仑的工程师，甚至不是老罗斯福那一代人可以想象的、对土地和水的征服。创立和维护这样的系统，不是数学好就可以，它既要靠"二战"后佛州飞涨的城市人口带来的额外税收提供资金，也要靠便宜的石油提供能源。

但有一个漏洞，水从北往南流，北边的水拘牢了，南边的国家公园无法维持湿地面貌，火灾一年猛似一年。工程项目设计了给南边放水的闸口，但是为保证城市和农业用水，这个闸常年不开。

国家公园的人准备去找工程兵团要求放水。当时正是准备登月的年代，凡事讲究科学精神，要多少水，得有个数。卡纳维拉尔角的电脑白天计算登月事宜，晚上被国家公园的人借来算水，算好拿着数去找工程兵。耿直的工程师们说，要这么多水，你们自己在公园里修坝啊！

公平地说，并非工程师小气。1959年卡斯特罗上台，美国随后对古巴实施贸易禁运，南佛罗里达农业基地的重要性在此时凸显。"卡纳维拉尔"在西班牙语里是"甘蔗田"的意思，可见最初的西班牙殖民者对这块土地寄予的厚望。甘蔗这个东西的生长期至少12个月，而且一直要有阳光，美国适合种甘蔗的地方很少，一向依赖加勒比海地区进口。对古巴禁运之后，糖在美国成为战略物资，价格飙升。大湿地里开出的甘蔗园区，仿佛印证了保育主义者的远见，在当时显得格外金贵。

城里住着人，地里长着甘蔗，旱季要有水，雨季还不能涝。每年有一半时间，所有泵站开足马力把降水排进大西洋，另外半年，水比油还宝贝，要紧着供应城市和农田。给国家公园放水？公园里住着谁？

虽然没住人，国家公园也是一股势力，在普通人心里有分量，在官僚机构里有老罗斯福和他的大员们打下的山头，并非任人挤兑。登月之后，环境保护成为新热点，有众多民间组织加盟。为鸟请命的人，在冷峻的国际形势中，面对全国人民吃糖的刚需，也能大战几百回合。只是待到出头之日，又是几十年过去了。

2000年美国总统竞选在当时是一场前所未见的恶斗，

戈尔和小布什一路打到最高法院。在这个当口，两党合作推出投资78亿美元的大沼泽地修复法案，国会以压倒性多数通过。自称正在转型的工程兵团接下这个项目，设计了一个更巨大、更精密的系统，它的核心理念是：挖更多土。建好的堤坝拆掉一点，拉直的天然河道重新烫弯，有限地恢复自然水流，格列佛需要换个绑法，但是松懈不能够松懈。最关键的是，建超级水库、地上水库、地下水库，如果可以把全年降水收入库中，就可以满足人与鸟与沼泽里一切生灵的需求。工程兵团的目标是，控制住降落在南佛罗里达的每一滴雨。

大落羽杉

南佛罗里达其实不止有一个国家公园可以玩，还有近3000平方公里的"大落羽杉"国家保护区（Big Cypress National Preserve），此外更有国家野生动物保护区、国家海岸、国家森林、州立森林，甚至还有奥杜邦协会保护区……做攻略时使人头疼欲裂。"诸侯割据"是美国国家公园体系的一个特色，比如黄石公园界外又有27片黄石国家森林。这也是进步主义时代联邦与地方，行政与立法，以及其他不同利益方经年博弈的结果。鉴于美国没有国家持有土地的传统，国家公园最初制定边界时不免妥协，往往往在众多方案中敲定面积最小的一个，之后再锲而不舍地发明其他名目，把遗漏的地方一块块保护起来。乱七八糟的补丁像一道道宪法修正案，体现了决策背后漫长的探索、争执和改进的过程。

大落羽杉国家保护区就是经枪支爱好者、小业主、印第安人、石油集团、环保组织多年混战后在1974年设立的，级别上比国家公园低一等，可以在一定限度内打猎采油，已经盖了房的可以继续在这儿过，但是不可以搞任何形式的新建设。这一片多为木本沼泽，主要树种顾名思义是落羽杉，靠近海岸的地方水质偏咸，被红树林覆盖。

木本水泊是有妖气的地方，水里长出树，树上又长草，凑近有时还会看到玲珑的树蜗牛，像陶瓷做的首饰。常见的草有垂在树枝上、银灰水袖似的松萝，也有形似吊兰的空气凤梨，它们吸风饮露不需要土壤，靠叶片获取空气中的水分和树上落下的腐殖质为生。

还有一种半空中出生的植物叫绞杀榕，鸟把它们的种子拉在某一棵树的枝干上，它就向上向下同时生长，起先长成一根藤蔓，把寄主死死勒住，等到它的脚落了地可以生根时，就收起幼年的凶残，变成一棵正直的树。

沼泽里的树木常把虬髯似的根裸露在地表，像一只只大脚行走的痕迹在空中凝结成固体，红树林和落羽杉无不如此。佛罗里达有三种红树，皆为胎生，枝杈上垂下树苗，不是种子，也不是克隆，是基因与母树不同的，完全成形的一棵小树，从母亲那里获得养分，待到时机成熟，便纵身跳进未知世界，自己去闯天涯。

沼泽的水格外洁净，但未必透明。红树林间的水洼往往被树叶释放的单宁染成红茶的颜色，落羽杉沼泽则是一种晶亮的黑。

清晨林间雾气中，沾满露珠的空气凤梨熠熠生光，几只鹭飞到远处，白翅飘飘，一群彩鹮又聚拢来，它们嘎嘎乱叫，聒噪得很。也有时林间寂静无声，只有水里一条小蛇，把脑袋枕在荷叶上休息。

比尔是大落羽杉保护区的一名志愿者，已经退休，今年冬天就住在这里，做游客向导，没有薪水，但他的房车可以免费停在保护区里的房车营地，接水电也不需要花钱。

我们那天跟他在河上划独木舟，同行的还有个纽约小伙子和一位南卡罗来纳的退休女士。老姐姐自己一人开辆面包车，住车里，到处玩。比尔是亚拉巴马人，说话有极重的南方口音，他道歉说改不过来了，我们听着确实有点费劲，纽约小伙嘴很甜地说，口音这么地道，显得多权威啊，你说的每一句话我都相信。

这条河叫特纳河（Turner River），是大沼泽地里仅存的、没有被动过刀的自然河流，窄而蜿蜒。在这划船蛮考验技术，两岸树木竞相向河心伸着胳膊，想把我们连人带船拿住。比尔体贴地放慢速度，他对这里的草木很熟悉，但并不使劲讲课，只随意聊天，不时停下等一等卡在树枝里挣扎的我们，细致地教我们怎么用桨。

我问比尔退休前做什么工作，他说在一家监狱的印刷厂里干，印报纸，手下100多号犯人，他至今说得出所有人的脾气和外号。退休后他把房子卖掉，买了辆房车，夫妻俩走遍了所有国家公园。"我结婚时17岁，那时我老婆刚16，我们不到20岁就有了两个儿子，这么多年一家人一起走过来不容易，从来没有机会出来玩。现在有机会了，得好好看看这个国家。"

因为落羽杉木质耐水耐盐，"二战"时这里大一点的树都被砍掉做船了，现在上百年的树很难得见。比尔带我们到了河上一处隐秘地方看一棵老树，只容一条船进，纽约小伙和南卡女士的船先进去了。比尔说，他在大儿子过世后，开始看奇幻小说，《霍比特人》《冰与火之歌》什么的，特别喜欢托尔金，这个地方让他觉得像进入了书里的精灵王国。说着那条船出来，我们划进去。是一个树林中的小湾，中间一棵四五人合抱的大杉树，光秃秃树枝上垂下巨人胡须样的松萝。环腰是黑镜似的水，水面映着蓝天白云和巨大的蕨类绿叶，四下无声，好像掉进一个石炭纪的角落，随时会有肉鳍鱼爬出水面凝望三亿年后的子孙。我们放下桨，静静坐了一会儿，掉头划出来。

日出和日落
是一天最惊心动魄的事件。
/
尚毅

试试看

据说20世纪以前的战争，死人大多由于军队中流传的疫疬，进入20世纪以后，在日俄战争中，依靠"进步主义"时代不断完善的公共卫生措施，第一次实现了病亡人数少于战争中阵亡的人数。难以想象发展细菌理论的科学家、药物与疫苗的研制者，面对不断涌现的毒气、坦克以及从飞机上往下扔炸弹等发明时，是一种什么心情。螳螂捕蝉，黄雀在后，是不是人永远出不来的一个局。

根据最新的估算，佛州湿地修复工程的投资需要追加到大约160亿美元，完工时间最快在2050年。作为一个纯外行，我不知道这个预测算不算极度乐观。一个平均海拔两米的半岛，不仅对自己三十年后的存在深信不疑，还在忙着修复什么湿地。

这个工程有个洋溢理想主义的正式名称，叫作"大沼泽地全面复原计划"。公平地说，开工二十年以来，大沼泽地国家公园和大落羽杉保护区的复苏有目共睹。但也有一些愤世嫉俗的人说，水源都被控制成这样了，什么湿地，迪士尼湿地吧。

其实建迪士尼也不简单，只怕求迪士尼而不得。新的问题是气候变化。旱雨两季都在偏离从前的规律，气候总的来说是变得更加极端。旱季由于温度升高而使地表水蒸发量加大，雨季的总降水量似乎在逐年减小，但暴雨又越来越"暴"，防洪和抗旱的难度都在加大。

土壤沉降的问题也变得越发诡异。一些近海的湿地土壤在遭受干旱之后再遇海水侵蚀会发生剧烈坍塌，灰飞烟灭，速度之快无法用细菌分解来解释，对这个现象的研究正在进行中。降水量减小会加剧海水倒灌，土壤进一步沉降，如此循环。土壤消失也就罢了，它所带来的碳排放会导致气候进一步恶化。保护湿地，早已不光是为了鸟。

最难的问题是，没法规划，气候到底在怎样变，以多快的速度变，无法详细预知。水库该建多大，公园需要多少水，没有一个精确的数，让工程师无所适从。美国科学院组织的大沼泽地项目顾问委员会给工程兵团的建议是"在改进中管理"（adaptable management），似乎倒合了他们那个洋气口号中的朴素含义：试试看吧。

物种的演化本身也是一个试错过程。有一个在海岸线快速造土、保卫湿地的办法还真就是进化出来的——红树林。这种坚忍强盛、似乎在大步行进中的植物，只要有一点土就可以存活，之后会用发达根系紧紧抓住周围的有机质，给自己和后代造出新的土。南佛罗里达海岸很多看似原始的、被红树林覆盖的小岛只有很短的历史，靠从前印第安人吃海鲜往海里扔贝壳扔出一个垃圾堆，红树林就可以造出一个岛。

这么说，印第安人也有他们的迪士尼小岛。

如果以人的出现作为历史起点，大沼泽地的历史不知已有几千年，也不知还能持续多久。"复原"是个多么善良的愿望，只是哪个时间点算是"原"呢？还是监狱印刷厂退休人员比尔大叔说得好："你想让这个地方保持永远不变？不可能的，气候在变，这个沼泽地它早晚也会变，人得找到一个办法来适应这个改变。"

参考资料：

1. 关于佛州大沼泽地的地质、土壤、自然历史及改造，见McCally, David, *The Everglades : An Environmental History*, University Press of Florida, 1999。

2. 关于佛州环境保护立法、国家公园成立及湿地改造过程中的政治斗争，见Grunwald, Michael, *The Swamp : The Everglades, Florida, and the Politics of Paradise*, Simon & Schuster, 2006。

3. 关于进步主义和保育运动，见Hays, Samuel P, *Conservation and the Gospel of Efficiency : The Progressive Conservation Movement : 1890-1920*, University of Pittsburgh Press, 1959。

4. 关于巴拿马运河和法国工程传统，见McCullough, David, *The Path Between the Seas : The Creation of the Panama Canal, 1870-1914*, Simon & Schuster, 1978。

5. 关于美国陆军工程兵团的历史，见Shallat, Todd, "Engineering Policy: The US Army Corps of Engineers and the Historical Foundation of Power", *The Public Historian*, 11（3）, 6-27, 1989。

6. 关于佛州湿地保护的近况和新问题，见Stein, K, "Climate Change Throws a Wrench in Everglades Restoration", *Scientific American*, 6/21/2019；Gramling, C, "A Freshwater, Saltwater Tug-of-War Is Eating Away at the Everglades", *ScienceNews*, 8/20/2018；Blaustein, R, "Climate Change Prompts a Rethink of Everglades Management", *Science*, 10/19/2018。

7. 关于佛罗里达原住民生活垃圾造岛，见Perkins, S, "Prehistoric Garbage Piles May Have Created 'Tree Islands'", *Science*, 3/22/2011。

水蛭气象表

撰文　[澳]丽贝卡·吉格斯（Rebecca Giggs）

译者　李逸帆

体感之外

在澳大利亚的丹德农山脉（Dandenong Ranges），正徒步穿行的我听到了微弱的咔嗒声。那可能是水蛭，它们吸上皮肤，又放开吸盘；我曾被警告过它们会如此：*直穿过树冠层，落向地面*。或者，这只是我脑子里的声音。这咔嗒声听上去像在不停拧防儿童误启的药瓶盖，也像刚开始爬坡的过山车。

这里的环境很原始，所有的雨林壑谷无论其具体的地理位置如何，都有这样的历史形态。墓碑一样的树墩，它们的前身倒下后成了地底粗砂岩中潮湿的木筏。一团团厌氧的菌丝冒了出来，长成婴儿豁牙般的真菌。有时候如果踢一下地星，前面地上便会留下一串孢子——像个划着蕨茎前行的小幽灵。周围有血的味道。沾湿的铁。车辙里的尘垢和发酵物。一道刮痕、一次打滑。一路都是夜行世界的噪点。粪便混着碎骨，就在那儿，泥土起了皱、覆了层羽毛。空气黯然地漫着尘土。然后便是水蛭。它们繁生、聚集、不显于世。但你能感觉到它们无处不在：在树上，或者在溪流、树丛、蕨草间。它们一齐行动，像个被砍断和割开的怪物。而身为一只哺乳动物，我的体温和气味则驱着那个怪物把自己拼凑完整，从阴影中爬出，加快它"死亡之舞"（danse macabre）的步伐。我想我听到的就是咔嗒声。不，那不是我下巴活动的脆响。我把我的袜子往上拉了拉，以防水蛭袭来。

两只水蛭交配时会像人的上下唇一样合为一体。在落叶的残秒中，那嘴唇像在隔空索吻，或是生闷气时的噘嘴。不管哪一种，这都在表现着什么。它多像一条缝隙、一处开口——假若双唇张开，里面又通向何处（又有多深，又何等黑暗）？一对对橄榄般深黑的嘴唇就这样在林间大地上出现。每只水蛭都有一对心脏。而两只水蛭则用各自敏感的前吸盘从侧面互相咬钳。它们撅起的"双唇"搏动着、收缩着、弯皱着，又变软、融化、滴着水。水蛭覆着黏液的皮肤碰上任何平面时都似乎要将其融于无形，所以当两只水蛭贴为一对时，想象一下，它们的边界柔和起来，进而相互交融，然后——不就是这样吗——便消失了。水蛭的吸盘咬住了什么部位；是它们交合的边界吗？

看了水蛭们在苔藓上缠成小对儿、拧成十字架，手便在别处什么地方画了两个叉号，就像在写信收尾时添上两个吻：XX[1]。这两个叉也代表一对性染色体，只不过不是水蛭的。那么，在自己的意识开始思考"我打叉做什么"之前，我这只手又能做出多少无意识的动作？

水蛭是雌雄同体的，但这也要经历一个过程。它们出生时长着两个生殖器，然后两个器官会相继发育成熟。水蛭出生时是雄性，后来又变成雌性。性转的那一刻，雌性吞噬了体内的雄性。但这个过程可能并不是那么你死我活，不太像一场捕食——而是雄性的退却与屈服。

为什么我第一个念头，那个无意识的冲动，会认为这是一种减除——认为这些写在苔藓上的吻是在驱离彼此？X也意味着繁生。X让我们想到针脚交错时的XX图案，曾经痛苦的开口被缝合起来。我想这些念头和丹德农林间蠕动的水蛭多少有些联系，是它们让我思考疗愈与伤害的边界，或对这个边界的僭越。（就像瓶子上标的XXX[2]：是药品、烈酒，还是毒药？）看着这些水蛭，它们让人不解但也因此奇妙的地方在于，我们不知道它们是想把彼此吸干

---

1 英语中，写信人常以X代表亲吻（Kisses），以表与收信人间的亲密，类似于社交媒体上所用的XOXO（亲吻拥抱）。

2 美国著名的私酿酒Moonshine（有译为"月光酒"），瓶身上标有"XXX"。每个X代表酒被蒸馏过一次，而XXX（三次蒸馏）则意在显示其高质量与高烈度。但因其为私酿酒，也存在着较大的安全隐患。

吃净，想合二为一，还是要把身体里面的东西翻出来，或者是繁衍后代。所以我们不清楚，到底最后水蛭的数量会多一些，还是少一些？我太想摸它们几下，想趁它们扭在一起时添些干扰。但我没这么做，我知道这很危险。一旦水蛭爬到身上，就有可能钻进鼻孔或者溜进眼皮底下。那时候可就不是小伤小痛了。

弗洛伊德曾诊过一个30岁的女病人，她在弗洛伊德的记录中"非常美丽动人"。她解释不了为何自己会听到咔嗒或者嘀嗒声，便来找这位著名的心理学家寻求帮助。她口中的事情经过是：她曾约会过一个男人，一个新情人，并在白天跟着情人一起去过他独居的房间。她依着缠绵之情在沙发上宽衣解带。这时，她听到情人写字桌的方向传来了相机的咔嗒声，便一下警觉了起来。

她之后确信，是那个男人在桌后的窗帘下藏了一个（或几个）同伙，让他们在自己的私宅偷拍她赤身裸体的样子。女人听到快门的咔嗒声后，那位情人在她眼里就变成了加害者。她逃离了公寓（却没有拉开窗帘看看），而后开始给情人一封封地寄谴责他的长信。她的情人驳斥了她的控诉——根本就没有所谓的偷窥者！她从未怀疑过自己的推断，但后来她意识到，这想法一直附在她身上，已经成了一种执念。和她情人同谋的下流偷拍者是谁？那个人也倾慕她吗？还是他觉得这很羞耻？她担心，那位偷拍者是在替她自己羞耻。她在镜头里很淫荡吗？她是不是被镜框分隔成了几个部位，供人观看？她的情人是想和另外一个或几个人共享她吗？还是要囚捕她的图像以满足自己的占有欲，让她为自己所属，把她留在自己的抽屉里或者（可能和其他女人的照片一并）夹在书页间？

据弗洛伊德的记录，女病人并没有提到，说她害怕成为一个淫荡的（lecherous）女人，抑或是一个淫荡之人的受害者。lecherous作为形容词，意为"表现出有攻击性的性欲"。lecher被用来形容欲壑难填的男性；《韦氏词典》的解释是：一个贪食者、纵情客、寄生虫。而形容女性时，对应的词则是lechiere或lickestre，也就是"lickster[1]"（演化为"lickerish"，也意为"淫荡"）——字面上意为"用舌舔的女人"。听起来欲情满满。只有阳性的lecher在英文中仍保持着贬义：令人焦灼的肉欲，错置与过量的渴求。lecher代指现代意义的偷窥男、偷拍女性裙底照片的人、变态狂，但也代表性的消费者、情感猎手、舔舐光晕（aura）的人，一个吮吸者，一只吸血的水蛭（leech）。

弗洛伊德的诊断把藏在卧室窗帘后的偷拍者升为一团幻想：那其实不是一个偷拍者，不是一个男人，而是一个女窥视者，是女病人母亲的替身。弗洛伊德称，在她想象

---

1 "lickster"中的"lick"在英文中有"舔舐"之意。

中化作另一个性别的人，只是受她压抑的同性恋欲望的外化罢了。

弗洛伊德这番理论很快便能被我们（而且还是怒不可遏地）推翻。但那个咔嗒声是怎么回事？弗洛伊德认为，那种感官体验不是一种声响，而是源自内部的噪音。他解释道，病人将自己身体的反应转化成了声音。怎么会这样？是因为她有着存于身上，却自己无法解释的感受：激起的情欲、幻想的偷窥者、男情人三者缠在了一起。她听到的咔嗒声是"她的阴蒂被敲击的感觉"，弗洛伊德写道。那咔嗒声源自她身体内部。那相机在她身体里面——那相机就是她的阴蒂。

弗洛伊德触及了一点：没有什么比露阴癖（exhibitionism）更展露人内心所想的了。

但我总是好奇，那张写字桌对于女病人的病症有何许重要性？声音从桌子那边传来，这好像并非一个无关紧要的细节。她的情人在坚硬、冰凉的桌面上为她写着情书，在画着XX的信上署名，再把信件封进信封——或许他选哪边都有一定道理；不管是要诱惑她，还是安抚她。（一个X代表写信的自我，另一个X代表的自我则想在沙发上干点"正事"——两者之间的差距可能很大，也可能很小）。

不过，也许他只用了一个X来代替每封信上名字的缩写。这个X既代表着消痕灭迹（在被中途拦截的信件上，X可以是任何人做的匿名标记），同时又是极度亲密的符码。这孤零零的X，绷紧的十字轴，到底揭开了谁的欲望？那个女人应该知道，在她追求者的想象中，他自己是独一无二的，就如躺在信箱里那唯一的X。

用笔在纸上写一个X，那左右两划的触感和声音，也有着咔嗒的感觉。现在自己拿笔试试，然后去房间的另一边站一会儿，仔细听。

来自窗帘后偷拍者的心理阴霾，那种徘徊于已知与未知之间的感觉，同样是水蛭的武器。我曾被两只水蛭咬过，这两只我都亲眼见过。第一次被咬的时候我还未成年，第二次则在去年。但在我想象中，咬过自己的水蛭比实际更多。拜这些水蛭的幻影所赐，从森林返回之后，我都要拿着化妆镜全身照一遍。第一次被咬时，我正在西澳大利亚沃波尔镇（Walpole）的一处无名小溪里游泳，上岸后发现水蛭咬中了腋窝。冰凉的溪水，可口可乐的颜色。如果你能忍得住（我确实是指能忍住让它待在你身上），被水蛭咬一点都不疼。没等水蛭吸完血就把它从皮肤上拔开是不对的，你也不能往它身上撒盐或者用烟头去烫，因为这可能会逼它把肚子里的毒液吐出来，造成感染。你最好等它自己了事。沃波尔的那只水蛭最后变得像无花果一样又肥又胀，然后从我身上掉了下去，钻进了树下的灌丛。我一直挂念着那只水蛭。它离开了我，体内携着我的血，像插电一样把我与河岸的地底相接。我没和任何人说，怕他们觉得恶心。成年之前，我经常问我自己，身体从何处开端，又至何处终结？我给出的答案有时与生的愉悦相关，有时则与死的疑惧相连。

第二次被咬的故事只属于我自己。

好吧。第二只水蛭很小。当时我靠在一棵桫椤树旁，它便顺着粗糙的树干溜了下来，把自己吸在了我裸露的臀部的一侧。还没等"水蛭"二字出口，我就用指节把它扫走了。我猜自己是在意识到那东西是只水蛭之前就出手了（人类进化的某些本能，在因发现那东西而生的惊惧中发挥了作用）。然后我让我的男伴停了下来。我看见了刚才在他胸膛上留下的口红印，一块红色的标记，像两只灼热的水蛭并排躺在一起。头顶的光喘着粗气。我想让他检查一下我的全身，看看有没有其他水蛭；那些水蛭我感觉不到，但当时却确信它们遍布了我俩全身，就像那些旅行者投来的目光一样。那些旅行者，是我还沉浸于情欲时想象出来的——也许他们真的在那里——在远端上方的小路望着我们，他们脖子上挂着的相机来回摇晃，呼吸中带着躁动的热气。

现在我或许听到了微弱的咔嗒声，也或许没有。可能那是蚱蜢，或者成熟的种荚爆开的声音。可能那是我本就想写的、心里正构思的那封信所带给我的期待。或者，可能是某种鸟儿在用喙啄开石头上的蜗壳，一次，两次。一只水蛭发不出任何声音，因为它只是括号的一边，双唇的一瓣，它悬在那里，敞开着，渴求着更多。

心灵感应

早在劳伦·格罗夫（Lauren Groff）的小说《命运与狂怒》（*Fates and Furies*）里，女主人公玛蒂尔德向她的新婚丈夫讲了自己在与世隔绝、贫瘠的宾夕法尼亚乡间度过的童年。过分孤独的她只为了让自己有个伙伴、有个秘密，任由一只水蛭在她的大腿内侧生活了整整一周。

几年之后，身为剧作家的丈夫在重述故事时，把主人公换成了他自己——在佛罗里达，年少的他把一只水蛭安放在他自己的大腿上。这场水蛭的挪移发生在一次广播访谈期间。剧作家把这则轶事认作了自己创作生涯的起源神话。当少时缺朋少伴的自己一个人站在一潭恶浊的沼泽前，他的喜爱便脱了缰、找错了对象，他竟不可救药地喜欢上了令人生恶、浑身黏滑的水蛭。采访他的人先被吓了一跳，然后又心生同情起来。

采访结束后，玛蒂尔德与丈夫当面对质，控诉他为了给自己的童年增色而剽窃了水蛭的故事。"这份孤独是我的，"她正色道，"不是你的。"但剧作家一再执着于那段深刻的记忆与他身体产生的巨大共鸣（"他可以感觉到腿上蕴热的污泥，当他发现那只小小的黑色水蛭时，恐惧便淡为了某种温柔。"）。玛蒂尔德气疯了，换作我也一样。她丈夫怎么能把发生在她身上的事情，变成属于自己的经历？他又有多长时间，能在自己的私人成长史中藏下一只水蛭？"重点不在于你偷走了我的故事，"她怒道，"你偷走的是我的*朋友*。"

水蛭能成为朋友吗？这比偷走一个故事或朋友还严重吗？

那时还是小女孩的玛蒂尔德，之所以能让水蛭成为偎依她身旁的伙伴，是因为它的存在不仅吸去了她的血，也吸走了她的孤独。但不同于我们口中的任何"宠物"，水蛭不亲人、没有面孔，还寄生于人。它的存在反而恰恰放大了她的孤独。在宾州，没人会给玛蒂尔德足够的关心，会帮她找身上的水蛭。"水蛭"既让她无处安放的情绪有了生动的外形（由此，她能将痛苦置于身外，让悲伤的情绪通过外化见于自身），还不断提醒着她一直被忽视的事实。

而被放在身上的水蛭则透露了更多。寄居于玛蒂尔德大腿内侧褶皱中的水蛭，它们的吸吮 ——"离重要的部位是如此之近"，这种感觉"让她兴奋"——既让她免于丢失贞洁，却也突显出她与情爱多么毫无关联，她的欲望多么强烈。

《命运与狂怒》中水蛭所留下的弗洛伊德式、形似外阴的触痕，轻微肿胀着，淤出血水。这是一种被动物的存在所延宕的自慰行为。是一个滋养自身的伤口。成为水蛭的寄主，是一种既极度孤独，又如此亲密相伴的感觉。

在格罗夫笔下，剧作家丈夫偷走玛尔蒂德故事的行为显得野蛮又愚蠢。而当丈夫发现，妻子清楚地记着水蛭的故事属于她自己时，他愈发站不住脚的抗辩也就看起来更拙劣了。"但不管怎么说，这就是只水蛭，"剧作家不屑地讲道，"只是个讲水蛭（leech）的故事而已。"他榨走了（leach off）玛尔蒂德的故事，整整两次！第一次，他把故事中的情感抽去，用来公开点缀自己的创作起源神话（他把水蛭和玛蒂尔德的孤独一并掳走，据为己用）。之后，他又觉得水蛭不具有真正的象征意味——那故事也微不足道——这再次迫使玛蒂尔德意识到，即便她身处一段婚姻，自己仍是孑然一身：她没能让丈夫领悟水蛭对她的真正意义，假若他确实能理解，就根本不会去碰它，更不会把水蛭夺走。

剧作家如吸血鬼般抢夺记忆的故事以床单上的血迹告终。在广播采访的最后几分钟，他称自己在睡觉时压到了那只水蛭，把它挤爆了（这令人联想到月经，或是恐怖的新婚之夜）。"床上遍是血迹，以至于他有着杀了人一样的负疚感。"但他就是个杀人犯，不是吗？他把妻子少女时的记忆和伤痛一并侵吞至体内，又把它们当作转移到身上的癌细胞，这不就是杀人吗？

格罗夫知道，我们也知道，水蛭是原始、阴郁、有德鲁伊教气息，强大而混沌的生物。一只水蛭也可以吮开宿主的血管，吸进满腹的情感。一群则是魔法、祈愿、符咒的化身。圣经中《箴言》第三十章第十五行言："水蛭有两个女儿，常说：给呀，给呀！"给呀，给呀。水蛭不断索取，它繁殖不息。

但我心里仍留下了一些空间，能与剧作家的人格产生狭小的共情。那种谈到水蛭就能有水蛭爬到身上的感觉，让人全身一紧。有时候人们会带着怜悯说，"我能体会你的心情"，但这想表达什么？情感怎么在你我之间穿梭，又在哪里停留？水蛭的故事不仅在思绪中游梭，还在身体中穿行。这就是它的魔力。当你书写、讲述水蛭的故事时，你可能便有种感觉，好像水蛭在自己的皮肤上触了一下，留下一条湿漉的痕迹，一阵刺痛，一股瘙痒。就在那里：你的耳朵后面，你的膝盖后侧。听一听水蛭的坦白，或去阅读它们。而水蛭残留的痕迹相比于一条信息，更像是一种感官刺激。它让你颤抖。一只真的水蛭会在想象中生出（begets）更多只来。

灵视

我刚说过，我被水蛭咬过两次；第一次时我还未成年，第二次则在去年。水蛭的咬痕并不像缝东西时织的小十字。如果你仔细看，会发现伤口像大写的字母Y。伤口周围的皮肤颜色深了一圈，因此疤痕有时也像奔驰的车标：圆圈里框着一个Y形三角星。但那些爬到我身上的水蛭，并不是最早出现在我记忆中的那只，那最初的一只是我（被诱惑，陷入痴迷，被催眠时）从赫兹曼湖（Herdsman Lake）的水中寻来的。

我上学那会儿，夏天教室里没有空调。所以在最折磨人还无风的二月，老师有时会让我们把桌盘清空带好，一起出发。我们在老师的带领下穿过公路，走到附近一块有树荫的湿地处 —— 那便是赫兹曼。周围有几个相互连通的湖，它们曾经点缀着沿海平原。这些湖其实原是沼泽，而沼泽里大部分淤泥因郊区城建而被挖去，只留下深色、软化的沙质地层。偶尔来自地底冥界的河水会涌上来，重夺一所邮局或当地大学校区的控制权。河水把柏油路底下的东西翻上来，就好像一尊重物在半夜突然降临，然后又飞走了。赫兹曼湖也曾是唯一作为自然保护区而受保护的淡水湖。

每次远足时，被汗水沾湿的头发都会黏在我们额头上。

老师站在苇草之间，往每个孩子的桌盘上倒了"一团"湖水。水中散发的热量意味着湖里挤满了生命，蒸发的水汽一点点缩紧着微生物的生存空间，它们小得要以克计量。处于生命初期的无脊椎动物在水中悠游，因为它们忍受不了如凸镜般弯起的湖面上方被阳光照射的空气。

　　然后，我们趴在西澳薄荷树碎片般的阴影下，用塑料小勺摆弄着盘里的那堆东西。水甲虫、划蝽如彗星一般在不同托盘间的水上穿梭。荨草碰了碰豆娘和蜻蜓的幼虫——它们的父母美如宝石，自己却很邋遢，它们从如镜的湖面上方掠过。幸运的话，你能看见猎食者跟踪着比标点符号还小的猎物。猛然跃起的稚虫。随水流动的东西。我还没忘，蚊子的蛹也叫"跟头小子"（tumbler）。蝌蚪在水蜘蛛踏过的水面下方摇着身子。底部的细沙上留着蜗牛细小、如玻璃纸般透明的涂鸦。它们无法分辨的连笔字，像是出自一个显贵却鸦片酊上瘾的祖先之手。

　　我们就是这些小小世界中俯视众生的神明或卫星。我们乐于挖点东西出来，放在半空中观察，再问它们叫什么。

　　伴着嘈杂、吱吱响的蝉鸣，嘴里嚼着帽子的挂绳——整个下午就可以这样过去。瓜藤穿过莎草蜿蜒而行，它们是20世纪30年代蔬菜农场失败后的佯病逃兵。旁边的轻工业区排出五颜六色的废料，把湖面映得闪闪发光，但在我们眼里，赫兹曼湖仍浑然天成。澳大利亚水库的形象是矛盾的：它既纯洁无瑕，又污染缠身、带着城市化的气息。我们从大孩子口中听说，湿地的中心塞满了被偷走的超市手推车。也有传言说那里存放了一座漂亮的雕塑，一位名为"丰饶与和平"的女神。雕塑是从城里一家银行的屋顶上卸下来的，她希腊式的脸庞沾满了铜绿和鸭屎。

这几次旅行并没有讲到塑造了当地湖区面貌的起源和历史，除了我们老师有时候会重复这句话：曾经人们会聚在这里吃吉尔吉斯小龙虾和天空蓝魔虾，这两种都是甲壳纲。那些吃虾的人是谁，没人和我们讲过。现在，这块地有时被称作"纽肯布罗"（Njookenbooro），尽管这个名字把地界扩大到了一整块已消失的湿地，而那片湖只是其残余的部分。但即便整片地已被沥青覆盖，纽肯布罗的名字仍留了下来。当你穿过周围的停车场和公路时，知道这个名字的人也会说你在纽肯布罗。湖旁是喧嚣的工厂、仓库、印刷厂、汽车修理厂，身处于它们的环绕，你仍静立于纽肯布罗未被承认的领地上。

在这炎热的时分，我的注意力被水蛭引走了；那个黑色小洞牵引着我。一枚钉在记忆上的图钉。水蛭在我盘上的一角翻动着，那片角落马上便成了一处迷人之景。这只水蛭像一条乌黑的饰带，全身扁平，头尾偏厚，就像和服的腰带：前后的布料内折一小部分，再加以缝线。如果抛开它陀螺仪似的运动方式，你也许可以把它归为一种"蠕虫"。水蛭的摆动让它形似体操运动员手中的丝带，但这丝带只有一丁点儿大，而且十分致命。它顺着托盘的边缘上攀，直朝着上空刺去。不同于其他盘中的微小生物，水蛭好像明白它被困住了。它了解现状，并发起反抗。

我把一次性小勺浸到盘里，把它舀了起来。我凑近了些，仔细观察着勺里的水蛭。它不再激动地卷它的身子，转而从水中伸出头来与我相见。它头部光滑的小尖儿在空中来回摆动，越来越细，像车上速度表的指针。这还是我第一次遇见未被驯化，却对我的存在表示友好的动物。它做着动作，想要碰碰我。

老师一巴掌把勺从我手中打掉。她站在勺子掉的地方来回跺着脚。跺过之处，无论什么东西，有生命的、塑料的，全被踏成了碎片。

全景敞视监狱

水蛭之所以让人心感不适，或许在于它以某种方式暗示着，你体内有些东西已经、或者可能过量了。那些过量之物是什么？病态之征。生命中郁结的死气。疾病。或情绪。被抑于体内的偏执情愫和惹人忧烦的想法。（这"不幸而病态的念头"，在勾引女病人的男子口中被称为精神错乱。）有个小发现——一滴血落在厚布料上晕出的污迹是

十字形的。水蛭意味着身体的松解，向此身之外的世界敞
开。这是一种宣泄或涤清，一种承受不住前将其释放的冲
动。由此观之，水蛭是我们自身深处复杂性的化身，操控
这种复杂自我的，则是反复出现的幻想与循环于血液中的
暗涌。

　　水蛭预示着一点：你迟早会承不住体内流动的东西。
你会将自己敞开，像花朵一样裂出一个小缝。要不然就会
有外力敞开你。

　　水蛭可以催泻的观念有着医学上的源头，至少据我观
察是这样的。我一直在读有关水蛭的材料（但找不到水蛭
有声带的证据）。在现代欧洲早期，水蛭并非恐怖的标志，
而是卫生的象征。它们被大量收集以作放血治疗之用，这
也致使野生水蛭濒临灭绝。在19世纪晚期，新鲜水蛭的价
格是如此之高，以至于医生们剪掉手上留着的水蛭的尾端，
这样它们吃下去的东西就会直接排出体外。没了饱腹感，
就多少可以让它们更频繁地工作。（不然的话，水蛭一年只
吸一顶针的血就能活。）医生和药师会把水蛭装在华美的瓷
罐里以供展示，罐上镀金，留着供它们呼吸的气孔。许多
留存至今的罐子现已是无价珍玩。它们中有一部分藏于伦
敦各大博物馆。我见过这些罐子。当然，里面并没有活的
水蛭。

　　那时以收集水蛭谋生的人不惜铤而走险，从本来就在

萎缩的水蛭种群中再抽走一些，存进罐中，以满足手术和医院的需求。他们大多光着身子涉过泥潭与沼泽，吸引水蛭来咬他们的腿和躯干。他们的付出也得到了"报答"，不仅采集到了水蛭，还招上了各种细菌和血源性病毒（水蛭不仅能向外吸血，还能向内吐入病菌）。收集水蛭的人采空了野外的水蛭，也抽空了自己的健康。在生命中最后的日子里，他们虚弱不堪，身上遍是惨不忍睹、因水蛭吸咬而生的炎症。1910年，欧洲医蛭（Hirudo medicinalis）被宣布在不列颠群岛绝迹（其实还为时过早：它们仍存活在几处与世隔绝的沼泽与一些浑浊的花园池塘里）。

随着英国境内野生水蛭的供应量开始下滑，国际水蛭贸易逐渐成了一笔大生意。欧洲各处的湿地都被改造成了水蛭养殖场，在瑞典、普鲁士和匈牙利、阿尔及尔和马赛，这些地方的养殖场取得了不同程度的成功。英国的水蛭出口商远至大洋彼岸的埃及和澳大利亚（来自墨累河岸的肥美水蛭广受赞誉）。海上运输期间，水蛭以牛血为食，生活在"便携沼泽"中，也就是装着湿土的陶罐——但它们还是经常溜出来偷袭船员。那时不仅有水蛭海盗，还有水蛭偷猎活动。挪威人为了水蛭而抢劫瑞典人；德国人从俄国那里走私水蛭。

我对这段历史的记忆大多与一个具体的水蛭农场有关，它存在于19世纪早期的法国。那时水蛭农场是这样运

转的：人们把马、牛、驴用刀子割出伤口，每天活活拖着
它们经过平原上一片片平浅的水洼。（水蛭可能发不出人听
得见的声音，但马肯定是嘶喊不停。）曾有一位魄力十足的
水蛭养殖户名叫 M. 伯恩（他具体的名字已被后世忘却），
负责看管一座法国的水蛭农场，但这里晚上总被小偷光顾。
为此他在农场中间建了一座灯塔，并派手持武器的守卫在
塔上站岗。

我不时会想起那座灯塔，它现在已经被毁或被强风
刮倒，也会想起在池塘上空环视的探照灯。持枪的人们观
察着四周，他们的影廓在灯室内来回踱步，影上的手攥着
外面冰冷的栏杆。他们等待着，默默适应着身上来复枪的
重量，警惕着水蛭小偷闯入的脚步声。还有比这更阴森的
吗？即便这些守卫是在防备人类，那些躲过了灯塔光线的
扫射而对农场造成的威胁，但他们站在塔上看管这些"小
破坏者们"时，也意味着自己正陷于水蛭的包围，在肉体
上被它们淹没。他们大都上的夜班，是不是也会在穿过农
场上岗前互相检查，看看身上有没有挂着水蛭？

肠卜僧

水蛭不会像真菌和蛆一样发掘并分解死尸；它们总是
挑活物下口。能被水蛭吸食，是你富有生机与活力的证明，

当然这也暗示着你已沦为他人的猎物。防备不得，难逃一死。水蛭就是"勿忘你终有一死"（memento mori）的象征，即便在我听来，它的脉搏像在说：*活着，活着，活着，还活着*。

在越南一处热带雨林的边缘，生物学家将水蛭剖开，找寻存在未知动物的证据。那些身处深林腹地、搏动身子的水蛭所携带的血液，或许可以证实神秘、珍稀哺乳动物的存在。比如鼬獾、怕生的条纹兔，还有一种叫长山麂的生物——鹿的一种，但比猫还小，颜色不明，因为目前唯一一张运动传感相机拍到的照片也是糊掉的。水蛭体内的DNA证明了这些奇异物种的存在，也证实了这些动物正为生存危机所困。它们的栖息地小得可怜，却还在不断缩水。也许还没等到科学家再一次见到娇小的长山麂，它就早已从世上消失了吧。

先知之眼

如果水蛭能像鸟一样啼叫，或者发出类似按快门的声音，大部分人可能也没有相适的耳力来听清它讲了什么。你可能会说，动作是唯一能在我们与水蛭之间相互传递的语言。看看水蛭怎么慢慢挪移，怎么弯成花体字，怎么打结：如果你见过，你就能明白，虽然严格来说水蛭也叫环节动物，但它和蠕虫完全不沾边。毛虫脚下的"小齿轮"也极少这么运动，它们爬过叶片时身形像水的波纹。蚯蚓钻地时则靠着自身肌肉的扭转，看着十分养眼。水蛭的动作看起来痛苦不已、怪异可怖，靠这个就能把它分辨出来。

首先，它O形的吸盘（还没有纸上这个O大）会伸出去，像在空气中嗅探。然后，当吸盘伸出并落在任何它想经过的平面上时，水蛭则翘起尾部，全身缩成倒U形，然后不断循环这一系列动作。如果水蛭不赶时间，它就会一直这样移动——一个元音字母接着另一个。就像一个玩具弹簧：伸开、叠起，再伸开、再叠起。我从来没见过有人在看见水蛭如此奇怪的动作之后，还能保持镇定自若的。

在我们的理解范围内，是哪些欲求，驱使着水蛭穿行于世界的结构中？它们如何面对强光、恶臭、巨震、狂欲？它们会因与其他水蛭的共情而感动吗？虽然我们与水蛭分数两类，不为水蛭，也便不可知其所感，但存于其体内之物却可能象征了最亲密的关系：那便是我们自己。血液。

所以当得知水蛭曾被用作预测未来的某种技术时，了解这些的我并没有感到吃惊。这里的未来，至少是那种能从天上降临的现象。人们认为水蛭有预测天气的能力，这似乎与它们散发的灵气完全相符。1850年，英国有位名叫乔治·梅里韦瑟（George Merryweather）的医生，在惠特比开了一家诊所。他相信诊所里的医用水蛭可以预知天气的极端变化（比如风暴）。"它并不是用嘴讲出神谕之示，"医生写道，"而是做出一系列动作。"梅里韦瑟，他这个名字便在预示着什么。[1]在安静地做手术时，水蛭的活动老让他分神。不仅如此，当水蛭不用为病人吸血，而被存放在不同的罐子里时，它们的动作也好像是精心编排过的。梅里韦瑟猜测，医用水蛭的行为展现了它们对外界某些精妙、可被解读的反应。久而久之，那位医生便确信，一旦坏天气来临，水蛭会集体上攀以提前预报。这些水蛭不仅仅是医学用品，它们也能观测气象。它们是记录天气的符号。

就像《命运与狂怒》里的玛蒂尔德，乔治·梅里韦瑟也觉得水蛭能被当作朋友来对待。他把水蛭称作"我的小同志们"。它们"很亲人"，是他的"哲学顾问团"。每只水蛭都被他分别放在一个玻璃罐而非陶罐里，这样它们就能看见彼此，从而更能"忍受被独自关押的煎熬"（不过他也觉得，既然水蛭是雌雄同体，它们也就"有能力单独存活"：一个残忍的错误）。水蛭不仅是他科学上的合作者，还是他的信徒。"它们从来没咬过我，"他说道，"但有些水蛭会在我靠近它们时身体优雅地上下起伏，每次都如此；我猜这是它们在表达看见我的喜悦。"也许真是这样——

1　Merryweather在英文中字面意为"好天气"（Merry Weather）。

因为它们就靠着医生的喂养而活。

梅里韦瑟还有个关于水蛭"祈雨舞"的假说：下雨前，天空中电磁能量场的离子（不受云层影响）数量会上升，水蛭神经细胞群对离子的感知驱使它们沿着药罐内壁上攀，并把自己挂在盖子和瓶塞的下方。他推测，水蛭之所以兴奋，是源于吸管亚纲动物从"如海般的广阔天空"中摄取辐射的冲动，它们会在降雨来临前追逐向外空放射的电流。水蛭体内的电能很不稳定，这让它们对风暴十分敏感。它们的感知也因此与上层大气相接，甚至远即星辰。梅里韦瑟把水蛭想象成了一块极化后的生物电池，追逐、集纳着空气中自由的能量，再将这些能量导入地底。这些沿壁上攀的欧洲医蛭让梅里韦瑟发现，他的罐中伙伴或手术工具有着催生发明创造的潜力，可以预报人类无法感知的天气变化。只要他能理解并转译水蛭和天气相关的身体语言，那么最猛烈的风暴和最轻的雨雾便都有预测的门路了。他要运用动物的感知能力来预测天气。简单点说，他要造一台水蛭气象表。

风暴预测器

梅里韦瑟的发明不是遗失了，便是被毁了。但现在仍有三台复制品尚存：两台存于美国，一台展于北约克镇。

他把这个发明命名为风暴预测器，或者基于动物本能的大气电磁电报器。既然无法亲眼一见尚存于世的模型，就让我们一起想象一下这台风暴预测器——这台动物机器、这座承载其预测之力的小型水蛭疗养院。

试想有一座和留声机一样大小的旋转木马，由铜、银以及经法式抛光的红木制成。它的底部装饰华丽，几根针状物盘成的柱子螺旋而上，足有三尺六寸高[1]，像一座微缩灯塔。顶部是金质、莫卧儿风格的多面型圆顶，"顶上插着夏栎的胚芽"。12条项链般的金锁链从闪亮的圆顶上垂下，延展至细工雕饰过的中层顶盖（安在底盘上方的唱片状檐板），这与将彩布从旋转木马顶部中心的转轴延伸至中间的圆盖一个道理，这样便能给骑木马的人提供荫庇。这些锁链从顶盖垂进12个小瓶的瓶塞中，这些小瓶占据了那12匹木马的位置。每个瓶子装有一只水蛭，它像一团果酱一样折出潮湿的闪光。几滴雨水在玻璃瓶底部形成一层水膜，而水蛭则在空气中忍受着干燥。

若离近一些、仔细观察，你可能会看到，每个瓶颈处都有一块鲸骨，被从容穿过瓶塞中央孔隙的锁链绑住，像房梁一样横栓在那里。绑完鲸骨后，锁链还会多留出约一英寸的一段，垂进瓶身。风暴预测器的核心机制是：如果

---

1 约为一米左右。

瓶中的水蛭想打开瓶塞，或者蜷在瓶塞下方，就会把鲸骨（它只是在瓶颈处保持着脆弱的平衡）碰掉，鲸骨的重量就会把锁链拽紧。瓶塞上开的那个小孔虽然直径不足以让水蛭逃脱，但锁链却能灵活穿过。为了让瓶内壁保持干净、平滑，梅里韦瑟还在里面刷了层虫胶清漆——这种树脂状的物质来自一种甲虫，它们被惹到时会泌出这种浆液，并成群飞舞。梅里韦瑟清洁瓶内时用的是一把骆驼毛刷，尽管是叫骆驼毛刷，但刷子的毛其实是松鼠或兔子毛。从器材到刷子都用的是动物零件。

在目光无法触及的圆顶内部，顶内有一个铃铛与锁链的上端相连。在钟楼般的圆顶里，每条延伸至铃铛内的锁链上端则是一个敲钟的小锤。所以当水蛭爬向瓶口，想收集云中的离子时，锁链就会被拉紧，连着的小锤便会敲响铃铛，把水蛭的动作转化为"神谕之示"；这便成就了遇到极端天气时"叮当作响的警报"。

梅里韦瑟提交了申请，想在1851年的万国博览会上将风暴预测器公诸于世。博览会在伦敦海德公园的水晶宫举办——那座平板玻璃筑成的庞大建筑展现了当时的帝国之貌、其最新技术，还有劫掠而来的艺术品。在设计他的发明时，梅里韦瑟为表致敬（也意在公开以这种方式提升被收藏家相中的可能性），仿照了对水晶宫建筑构造产生影响的北印度建筑风格。经他制作，这座小塔成了一尊像中像（mise en abyme）[1]，如微缩版的水晶宫一般，复刻着它光彩斑斓的辉煌。他的目标是让风暴预测器承继水晶宫的巧夺天工，预测"大自然的伟力与震颤"，并最终被世界广泛采纳。在他想象的图景中，他能看见载着无数水蛭的预测器，立于英国海岸线起伏的轮廓之上。梅里韦瑟提出，预测器的核心机制可以用于大型基础设施。他也设想过重新整修圣保罗大教堂，这样他的水蛭就能在极端天气来临时敲响巨钟，向整个伦敦城发出警告。

乔治·梅里韦瑟是如此确信，他的发现对世界而言举足轻重，他甚至提前写好了墓志铭，歌颂自己一生因发明水蛭气象表而为各地水手提供的庇护，使他们免遭风暴之害。他如此高涨的自信也说明，这只是他的一场黄粱梦。但就像许多19世纪的科学探究一样，梅里韦瑟虽然轻信了水蛭超自然的感知能力，但他并没想过推翻自己的理论——他觉得自己只需要再多测试一下，收集更多的数据，在思维创新上多跨几步罢了。他那预示着自己将痴迷于风暴的名字，是不是多少也得承担点责任？一个名字就叫"好天气"（Merryweather）的人怎么会在变革气象科学领域的征途上跌跟头呢？

1　一种戏中戏、画中画的嵌套结构。直译为"置于深渊之中"（placed into abyss），常见于艺术绘画（如委拉斯开兹的《宫娥》与文学叙事（如荷马的《奥德赛》中。

当梅里韦瑟得知，风暴预测器可以在万国博览会上与世界首台液压机、早期相机和银版照相机、一辆消防车、水上教堂的模型、几百只固定在底座上的蜂鸟标本，还有一把装着两千张刀片、"小中见大"（multum in parvo）的多功能刀一并参展时——他有没有兴奋得来回蹦跶？他有揣着期待反复攥他出汗的手吗？想想这个画面，你或许也能看见荣华富贵的未来在他脑中闪过，像阳光打在刀片上一样耀眼。

这台风暴预测器和上面展品有一些相似之处，也有一部分人对这些特质着迷不已。玻璃柜里的落地钟在庄严的大厅内摇动钟摆；能当传家宝的八音盒（那种需要你拿小钥匙给它上劲儿的）内部由黄铜打制的齿轮结构；斯蒂文·米尔豪瑟（Steven Millhauser）笔下虚构的东方微雕；用砝码、齿轮、滑轮组装起来的人形机器人。确切地说，我想到了梅拉尔德兄弟（Maillardet brothers）于1800年发明的"青年绘图师"（Juvenile Draughtsman），这个机器人是个有着哈勒奎恩小丑一样面容的牵线木偶，曾差点因家中着火而被付之一炬。如果拧紧它的发条，它就会一遍又一遍地画着胖嘟嘟、走路左摇右晃的丘比特，或用英法两种语言写着痛苦的、有关被炙伤的心的诗句。这么一看，梅里韦瑟的预测器和这些奇物很相像：它们代表了在那个时代，人们尝试着去承载那些无法言喻、趋于无限的事物，把艺术、写作、爱情或天气容纳进可以买卖、可供阅读的小物件里。

梅里韦瑟在水蛭的震颤中看到了带电的先兆，它预示着一场大雨、一簇雷暴的降临，或是一瞬之间倾泻而下的暴风雪。然而，当他用1850年整个春夏秋冬的时间来检验自己的原形机时，如他信中的记录，水蛭并没有对风暴来临的位置与时间进行有效的预判，这偏离了他所宣扬与坚信的一切。也许水蛭记录了云层的新颜色，那种颜色在逐渐消退的淤青中未曾出现过，也许是不为我们所知的天气的气味，或者大气层中人眼无法分辨的明暗结构。但看起来，它们只是在风暴预测器里凭着性子上下移动、敲响铃铛。

梅里韦瑟没有推翻或修改他的假设，也没有换一拨新的水蛭 —— 他始终坚持着自己的看法。他选择重新诠释原来的结果，并将欧洲医蛭的行为与数天甚至数周后的风暴联系起来。他开始赋予水蛭无所不能的感知能力：不仅可以觉察风暴在千里之外释放的电能（那时的欧洲和现在一样，总有地方在下雨），还能觉知地理和天文现象。当惠特比"一片宁静祥和"时，水蛭却像疯了一样朝着瓶颈爬去。"我十分确信有流星会降临"，梅里韦瑟如是写道。一颗划过爱丁堡上空的彗星证实了他的想法：欧洲医蛭的感知能力已不仅仅能预测天气，还能觉察到天体异动与星辰活动。

当维苏威火山一侧的坑洞直径扩大，土耳其的士麦那因地震而颤动时，梅里韦瑟发现他的水蛭对地底金属的剧烈作用、地缝中涌出的可燃、雾状气流，还有各种地底深处的环境变化，都有愈发明显的感应。

我想，即便梅里韦瑟的发明从未对周边的风暴发出过正确预警，他也与当时其他一些自称为科学家的欧洲人同列，成为第一批将天气构想为一个全球气象系统的人。风暴预测器为我们当代的一种理论埋下了伏笔，尽管现在看来它不言自明——地球的气象环境确实受火山、激增的电能和各种行星的影响。在梅里韦瑟的时代，这种观念仍是一种空想。没人有另外的方法可以证实。

机器生命

不知为何，写这篇文章时我一直想着那个我小时候非常想做，却从未被允许做的一项实验。我把它写下来吧，就像水蛭会把它——排出来一样。实验方法如下：出门去肉铺买一块动物肝脏，越新鲜越好。让卖肉师傅不要用塑料膜，而用不透光的纸把肝脏包好。重点在于，肝脏要尽量少见光，所以最好让师傅从冰箱里那堆肉的最底层抽一块出来。什么动物的肝脏都行——鸡肝、鹅肝、牛肝、猪肝，无所谓。再买一品脱牛奶，也是越新鲜越好。可能生牛奶最适合做实验，但如果你和我当时一样，只有九岁，住在90年代初的珀斯（Perth）西部郊区，搞到生牛奶便没什么可能了。等到晚上，拿刀把肝脏上薄薄的一层外膜剔掉，让肝脏的本体露出来。把剔好的肝脏放到一个小盘上，再往另一个小盘里倒上牛奶。把两个盘子搁到床底下，间隔一米，你就可以上床睡觉了。

理论上讲，那块肝脏会趁夜里经过地板，爬进那盘牛奶。奶会变成粉色，地毯上则会留下一串明显的血迹。这与肝脏组织里的酶有些关系，它们会被新鲜奶制品里的分子所吸引（这就是为什么肝脏不能见光——因为肝脏里的酶会因见光而分解）。但我不确定为什么一定要把实验地点安排在床底下。床板上身体的存在难道不会让肝脏转而盯上人吗？当时还是小孩的我只觉得，一想到床底下有块肝脏，如血红的手一般正在地上爬着，我就既害怕又兴奋。这种感觉一直延续至今。

出窍之灵

如今水蛭并不像19世纪时那么昂贵——在水蛭可以包治百病的年代，它可是抢手货。而现在，你可以（也有人在这么做）以托运的方式在网上购买医院自产、经过消毒（也就是很久没吸过血）的欧洲医蛭。有段时间，亚马逊上都可以买到水蛭。十只药用水蛭的价格在一百美元左右，如果标好包裹种类，澳大利亚邮政还可以省去隔离检疫的环节，直接将水蛭送上门。

　　某些健康论坛宣称，水蛭吸血可以减轻风湿病、解决不孕不育问题、降血压、消炎症、除久乏，还能治疗"400种因血液微循环不足而导致的其他疾病"（摘自英国水蛭疗法协会的网站）。我点开一条链接，它开头写着："要么进医院抢救，要么让我们先讲重点，怎样克服对医用水蛭的恐惧。"根据网站图片显示，这些从南威尔士、斯洛文尼亚或奥克兰发货的水蛭，运输时被装在放有降温条的普通硬纸板盒里。这让我十分惊喜。我警惕地看了看我脚踝上长的一个囊肿。我要不要买些水蛭？我应该期待有些什么疗效？"水蛭疗法的重要疗效之一，便是让你有激增的愉悦感与乐趣，并带来极佳的美容效果。上述效果也表明，水蛭疗法确实无病不治。"

　　我可对"激增的愉悦感"有点意见。

　　不过说来也有趣，前几天有朋友推荐给我一款韩国品牌的面膜，成分里有蜗牛的黏液。当我敲出这篇文章的时候，我一边质疑着水蛭治疗疾病的能力，一边却又觉得蜗牛黏液能美容也不无道理，还把它直接往我的额头、脸颊和下巴上抹，这两者会不会有些矛盾？如果我现在就满脸涂着一层蜗牛黏液，正透过屏幕盯着你看呢？

抛开人们会购买渠道不明的水蛭，并在家中无人监管时使用不谈，水蛭现今仍扮演着手术用品的角色。当然，相比梅里韦瑟的年代，水蛭如今的使用集中于更确切的病症上。水蛭的唾液可阻止血液凝固、刺激血管舒张，并且有轻微的麻醉作用（所以水蛭咬人并不疼），但仍未有科学家成功合成过这种液体。在重建与整形手术中，虽然水蛭并不常用，但有时会被用来阻止凝血、促进小处组织的血液循环。显微手术激光和更精良的手术刀的出现，让医生可以重新接合更细小的血管，这也对如何恢复血液流动提出了更精细的要求，水蛭的使用也因此更为广泛。对于外科医生而言，水蛭可以是一把最温柔的手术刀，

我决定不给自己买水蛭了。我会说这是出于道德考量——我不想让水蛭因为自己的需要而忍受运输的不适。但事实是，今早从安妮·迪拉德（Annie Dillard）的一本书里把那句话摘进笔记本之后，我不知道自己还能不能把水蛭当作干净的生物，而不是什么怪物来对待。那句话说："水蛭身体的碎块也能游泳。"听到没有，水蛭身体的**碎块**也能游泳。

降神会

当风暴席卷而来，有时你能感觉到它的降临，不是

吗 —— 即使那时天空还是万里无云。就像另一个人的身体
在你旁边,你虽然看不见他,但能感觉到他的存在。电能、
压力、从背后把人吹得双手扶地的卑鄙狂风。头发嘶嘶作
响时扯动的发根,让人皮下感到刺痛的天气。闪电可以把
日光劈开三次,分成四个碎块:X X X 。这可以发生
(也发生过,并且还会发生),尽管电闪之时我们还能看见
天上的月亮,那是下午天空中的无光之月。那时,不知你
能否与现在的我有着同样的感觉:

第一道闪电劈下的光映出了躲在那个男人卧室窗帘后
的偷拍者。这里确实有张你未曾见过的、自己的照片。照
片上的人衣不蔽体。

第二道闪电劈下的光显示着堤岸正被曾经的湖水吞没。
湖水倒灌进停车场、工厂,淹没了印报纸的印刷机。人们
扔下枪,从塔上踩着水往下走着。

第三道闪电劈下的光照亮了一片雨林中的空地,那里
渺无人迹。月光下数百只水蛭在地上扭动着,相互交媾与
吞食、结合与分离,毫不在意头顶的天气如何。泥地上散
着分成两瓣的足印,但这里却未曾来过一只小鹿。[1]

---

1 原文 "The Leech Barometer" 首次刊载于英国文学杂志《格兰塔》(*Granta*),2018年4月
23日。

颐和园柳树0001号

撰文　阿子

一切的开始，是我去办了一张北京市公园年卡。其实很早就办了，在小朋友上幼儿园之前那段时而像曲速前进、时而又像无限循环往复的神奇时光里，这张所费不过一张粉红色毛爷爷、但是去很多首都公园都方便很多的卡，实乃带娃良伴。不过小朋友上学之后，需要遛娃的时间少了许多，这张还需要北京市工会会员资格才能办理的卡，就被我扔在抽屉里积灰许久。

2020年我们搬家了，小朋友就在丈夫工作单位附近上学，每天他们一起出发，披星戴月地上学上班，夕阳西下才回家。我有了很多"躺平"的时间，可以在新家附近四处冒险，发现骑车去颐和园不过十分钟路程，就又把闲置许久的公园年卡找了出来。

丈夫还在世的时候，我们一家只有周末和暑假会去颐和园，因为小朋友脚力有限，对她来说，彼地大得茫茫无边，我们一般也就只去一些边边角角的地方，但是也足够留下很多美好的回忆。

　　我们的颐和园发现之旅始于2020年夏天的北宫门。第一次进去的时候疫情已经开始了，须弥灵境被围起来整修——一直到现在，疫情没有结束，整修也没有结束。我们从旁边的山路爬到了智慧海，那时北京还处于"新发地疫情"的余波之中，游客并不多，清静非常。半山腰能看到昆明湖和十七孔桥，山间树木被带着湖水湿气的夏风吹拂，有轻柔的沙沙声。如果听到比较大的窸窸窣窣的声音，抬头就能在松树或者柏树上找到黑松鼠，大尾巴像翅膀一样灵活。

　　到了秋天，松鼠们肆无忌惮地在头顶上啃松果，啃完了随爪就把松果核一扔，被啃得光秃秃的松果核啪一声掉下来，猝不及防，吓人一跳。我们整个秋天都乐于在树林间寻找像嚼过的口香糖一样被扔掉的松果核，松鼠们啃得非常干净，剩下的部分形状像一只迷你玉米棒子，上面坑坑洼洼，仔细看看，还能发现松鼠的牙印。

　　颐和园里的流浪猫对松鼠是一大威胁，有一次我们在乐农轩附近看到一只肥大橘猫，鬼鬼祟祟地靠近一只下地溜达的松鼠，松鼠非常警觉，发现以后极速爬上了树，在高高的树上对着下面的猫跳脚大骂——一迭声的高声尖叫，尾巴来回抖来抖去，好似大扫帚要把厄运扫出树杈，大橘猫抬头看了看那极高的树杈，自认没趣，离开了。

深入的颐和园发现之旅，还是从今年（2021）的春天开始的。三月初，北京下了那个冬天的最后一场雪。小朋友和丈夫都开学了，我独自从北宫门进去，翻过万寿山，一路顺着大船坞和供奉关帝的宿云檐城关，走到了石舫。雪后的昆明湖，被彤云笼罩，而阳光透过厚厚的云层还是洒了下来，有透纳风景画的意味。颐和园前身叫作清漪园，乃是十全老人乾隆的得意之作。乾隆与透纳实际上生活在同一年代，只不过前者比后者年长许多，马戛尔尼带领使团去祝贺乾隆八十大寿的1792年，透纳还未开始在画坛大放异彩。

没有太多游客的颐和园，适合怀着这样的胡思乱想放飞自己。春天里西堤桃花盛开，第一次去西堤看桃花也是我自己一个人，那时因为膝盖受伤，不能走太多路，走到玉带桥就掉头往回走，一路上桃红柳黄——山桃花物候略早，柳树还只有嫩芽的时候已经开放了。西堤人太多，拐到旁边的路，沿着小西湖岸边，快回到界湖桥时，偶尔瞥到了湖边的柳树上的牌子，编号2666。现在回想起来，大概与颐和园柳树的孽缘便是那时结下的。

其实好几年前，陪小朋友去颐和园西门上写生课的时候，就发现了颐和园的柳树是有编号的，那边的柳树大多是1000多号，有的牌子上会用红色油漆标明柳树的性别。看到红漆刷了"雌"的柳树，忍不住会觉得鼻子眼睛一阵作痒。每年春天，雌性的杨树与柳树都发挥着黑色电影里致命女性的作用，把过敏的人们折磨得死去活来。

颐和园里的树木分布颇有讲究，滨水的地方种柳树，山地则松柏居多。我很想看看颐和园辛勤的园林工作者们有没有一些关于编号规律的工作报告或者科研成果，可惜四处搜索了一圈，大约因为自己能力不足，实在没有找到。倒是看到上世纪80年代初的一位大学生在一本叫作《大学生》的杂志上写下了与愚见类似的看法，真想穿过时空，两个人像周瑜与诸葛亮那样，一同亮出手掌里写的"火"字，表达一下所见略同的欣喜。

疫情爆发之前，我们花了整整一年装修布置新家。刚刚搬来的时候，客厅的窗户可以直接看到万寿山上的屋檐，后来窗外新的一个小区修了起来，无敌园景再也没有了。不过大概就那段时间的惊鸿一瞥，给我们施了咒语，吸引懒惰的我们在不知道去哪里的时候，拿上年票骑车直奔颐和园。我最近发现新的路线，不到十分钟就可以骑车到北如意门，很想跟丈夫得意地炫耀一下，可惜不能了，他八月底永远离开了这个世界，离开了我。

北如意门在所有颐和园的门当中，是离我们家最近的。去西堤，走那个门最方便。夏天的早晨，在昆明湖与京密引水渠交界的一个小水坝上，会有若干夜鹭常驻。大约是因为在那个时间，会有水流经过，扰动水中小鱼，方便它们捕食。经常看到它们在水面上一掠而过，喙里就有收获，远远地看不清楚，走近了它们也大大方方继续站在坝上，大约是泥鳅之类的小鱼。

夜鹭出没的水坝斜对面就是界湖桥，桥头的柳树编号是0419，曾几何时，这个日期也被电商们拿来做促销主题，当作一个节日来过，如今如此"道德沦丧"的节日肯定不能再出现了。界湖桥西边沿岸，柳树的编号大多是2000以上，尤其那些被围栏保护起来，有许多年头的粗大柳树。不用经过很多棵柳树，就能看到编号2666的柳树。

《2666》是智利作家波拉尼奥的小说，丈夫与他的好朋友范晔都非常喜欢这部超大部头的小说。虽然我的阅读进度一直停留在前几十页，不过看到这个数字还是激动万分地拍了照片，发给在办公室里辛勤搬砖的丈夫，"应该叫范哥跟这棵树合影"。七月份家里小朋友放暑假以后，我们一起再次找到了这棵树，丈夫非常认真地选择了拍照的角度，发到了朋友圈里。

西堤一带的柳树上，到了夏天就有很多蝉蜕，我们全家在今年的夏天只要去颐和园，甚至其他的公园，就会开始进入找蝉蜕模式。丈夫和小朋友特别热衷于此，家里到现在还有若干夏天拣的蝉蜕，不知道拿去中药铺卖的话，能卖多少钱。按图索骥学习了一番，最开始出现的大约是蟪蛄的蝉蜕，圆滚滚的，然后是蒙古寒蝉，再之后是黑蚱蝉，前者的蝉蜕发绿，小巧玲珑，后者的个儿是最大的，让人一看就觉得里面的知了猴儿一定又大又肥。蝉蜕在高高的树枝上能存留很久，经历北京夏秋冬的大雨大风之后，还能在树上看到，2677号柳树上的蝉蜕就一直挺到了十二月。夏天的时候，全家还在这棵树上收获了好几只蝉蜕，只不过高处的恨不能及，三个人站在树下仰着脑袋，脖子都酸了。如今则物是人非，阴阳两隔。

　　工作日的时候，虽然只是我自己云游颐和园，不过一旦遇到有趣的事情，就会立刻让丈夫享受"云上同游颐和园"的乐趣。耕织图过去不远就是团城湖，这个湖以前曾经是冬泳爱好者的乐园，现在则被密密匝匝的栏杆封闭了起来，成为候鸟的天堂。那周围也有很多柳树，有些在围栏里面，有些在围栏外面。也许是栽下的时日还不长，颇有一些没有编号的树。围栏上专门开了窗口，叫作"候鸟观赏窗口"，大多是成人高度，但也有方便小朋友观看的位置。丈夫看到照片以后就一直非常向往，但最终他还是没有来得及看一次。到了冬天，颐和园会给团城湖注水，总有一片湖水不会冻上。最近我入手了一个单筒望远镜，从窗口里能够看到湖面上的黑天鹅、鸂鶒、鸳鸯和鸭子，还有黑压压一片的白骨顶（黑水鸡），只要没什么事情，我就总想去看看它们。每次看到它们，就会想要是他还在多好。

　　六月份的时候，我突然对颐和园里的柳树到底有没有

0001号这个问题，产生了强烈的兴趣。按照我的设想，最为重要的东宫门可能会是编号起始的地方，于是我从这里进去，结果这附近都是庄严肃穆的松树柏树，一直走到昆明湖边的知春亭一带，才有了大片的柳树。但是那里最起始的编号也不过是0074左右，旁边还有好几棵2000多号的柳树。这让我对颐和园柳树编号的规律更加困惑了。

顺着昆明湖往新建宫门方向一直走，湖边都是柳树，以绦柳为主，夏日微风中柳枝摇曳生姿，十分动人。那边还有著名的廓如亭，那座占地并不多么广阔的亭子，是北京雨燕的栖息地。春末它们从遥远至非洲的南方飞来，在十七孔桥上空叽叽喳喳，抖动着锋利似剪刀的尾羽，养育下一代，到了七月底又启程南下，越过赤道，在可能没那么"皇家气派"的地方开始又一段鸟生。我们每次从码头下船以后，就会坐在廓如亭的基座上，观赏燕子们上下翻飞，在那一瞬间得到一种自己也能翱翔的幻觉。

但是我最喜欢的观燕地点，是西堤上的景明楼。西堤上有六座桥与楼，景明楼是我最爱的一处。此地可以远眺西山山麓，远处的玉峰塔和妙高塔让人心驰神往，另一个方向则可以看到十七孔桥和南湖岛与凤凰墩。与游人熙熙攘攘的廓如亭不一样，这里的燕子似乎飞得都要悠然一些，虽然也是闪电一般地在蓝天中穿梭，但好像是更温柔一些的闪电。

我一直想让全家人都到景明楼看燕子，可惜因为小朋友脚力有限，这个位置不论从哪个门进来，都要跋涉一番，而丈夫工作日都在搬砖，也没有抽出时间。整个夏天，我们都只是在耕织图附近找蝉蜕，没有去景明楼看燕子。八月底丈夫猝逝，九月中我才终于有空去颐和园，西堤上总有一起遛弯的老年夫妇，我也曾经想象过以后两个人老了以后在这边遛弯看燕子的日子，如今只能是停留在想象当中了。燕子们七月底已经都飞走了，景明楼上空那些穿梭的黑色小闪电，一只都没有了，只剩下空荡荡的蓝天。

夏天，天空中有云的时候，从廓如亭往北如意门的方向顺着昆明湖边走，可以看到大片的云彩给西山投下阴影，玉峰塔和定光塔在明明灭灭的阴影里出出进进，山上的颜色在深浅不一的绿色当中变化。湖边的柳树从0080开始，不过到了昆明湖与京密引水渠汇合的地方，也就是南如意门附近，柳树的编号就会一跃而至2569。引水渠里总有一些老年人在游泳，碧波当中几颗半秃的头颅沉沉浮浮，泳姿以养生的蛙泳为主。我问保安："这边能游泳么？"保安笑了，"当然不能。"

再往西门的方向走，数字则还能增加到千位数是3，但中间毫无疑问是没有那几千棵树的，这总让我觉得，颐和园柳树的编号是一门深不可测的学问。我还曾经有缘问过"在颐和园服务人民"那篇妙文的作者，颐和园最著名的工作人员，她表示这必须得问园林部门的同事。

不过有一些不那么完备的规律，还是可以在若干次游荡颐和园之后得到的。一般看着就有了岁数的树，都会是2000往上，新栽培的则一般是3000往上。颐和园的藻鉴堂遗址现在和玉峰塔周边一样，都不对外开放，偶尔有一次那边有活动，大铁门打开了，我凑近去看，院子里的柳树的编号已经到了3556，大约那一带的可能是最新一批柳树吧。还想深入进去看看，保安举着喇叭过来，把我赶出来了。

我甚至斥资30人民币，坐船到了南湖岛，那边只有一棵柳树，数字也不过是平平无奇的0209，甚至不如谐趣园的0050或者是大船坞的0044接近0001。丈夫没有亲自参与我历时数天的寻觅，但每当在搬砖间隙收到我失望的消息时，总会发来加油的鼓与呼，也算是加入了"云"找树。现在他不在了，就好像伸出了要high five的手，再也没有另外一个人的手迎上来，真是寂寞。

但是为了找0001号柳树而做的环绕昆明湖之旅当中，还是有很多有趣的收获。不知道是巧合还是什么（多半还是巧合吧），西门附近1492号柳树的斜对面就是1911号柳树，好似哥伦布和孙文被一条小路隔着，做了邻居。而在耕织图附近，0602之后就直接跳到了05打头的编号，不知道中间的树发生了些什么。那附近还有水操学堂旧址，里面放了一条日本制造、要为老佛爷服务的"永和轮",但试航就出了故障,到慈禧归天,她也没有坐上这条船去昆明湖畅游。现在剩下的部件被封在玻璃匣子里,也是某种意义的"陆上行舟"了。

丈夫离世之后,按照她小时候我给她讲了个大意的梅特林克的《青鸟》的故事,小朋友认为她的爸爸去了一个全是小孩子的星球,变成了一个小孩子。而我最终发现0001号柳树的过程,也和《青鸟》里的主人公们最终找到青鸟差不多。六月底的一天早晨,还是从我热爱的北如意门进了颐和园,路过一群唠叨家常的老太太,"丁克们都该判死刑!"被她们这股恨意吓了一哆嗦,我拐到路边,去靠近界湖桥的湖边看看树上有没有蝉蜕,刹那间发现了0002号柳树,顺着方向再走几步,就看到了牌子远离路边,所以平常路过完全看不到的0001号柳树。这种寻觅了许久的东西,其实就在身边的戏码,原来居然是真的。而那一天,距离丈夫离世的时候,已经不到两个月了,只是我那时候并不知道,我只是发出了阿基米德"尤里卡"一样的欢呼,收获了丈夫若干个赞的表情包。

现在他离去已经有四个月了,颐和园里的柳树由荣转枯,不要说燕子,连夜鹭都已经搬家了。今年夏天被冰雹把荷叶击穿的荷花,也都全部枯萎了。湖面刚刚开始结冰那几天,残荷与莲蓬枯枝在格外清澈的水里留下了蒙德里安画意一样的光影。而起风的时候，柳树的枯枝败叶被狂风从树上一把拽下，在冰面上飘飘滑走，很像是命运对人们所做的事情。好在总有美好的时刻，晨光里封冻的湖面上，大片的残荷被太阳照射，反射出温暖的金色，远远望去，竟然像一片黄金草原。0001号柳树上的小芽已经隐隐约约能看到了，即使明年是没有他的一年，以后也都是没有他的时间，想到颐和园里这些柳树总是在这里，似乎就稍微能够释然一些。

从菰米到茭白（节选）

撰文　沈书枝

一

离开家以后，每从外地回姐姐家，妈妈会特地烧一些我喜欢的菜给我吃。笋干烧肉、鸭汤煮粉丝、糖醋藕片、炒凉粉，诸如此类，从我回来之前，就在心里打好腹稿，今天买这两样菜，明天买那两样菜，在我到家那天清早，就把之前晒的干菜从柜子里拿出泡上，或是将冷冻室里收藏许久的存货取出化冻。她的小炒炒得很好，回去若是春末，或是秋天，必不可少的一个菜还有茭白炒肉丝。茭白、青椒、猪肉切细丝，肉以生抽、料酒、薄盐与淀粉抓过，下铁锅大火快炒，盛出青椒碧绿，茭白则温顺腴白，肉丝裹着淡淡酱油颜色，鲜嫩柔滑。这样的茭白炒肉丝，我可以每餐把一整盘吃得干干净净，连吃几天而不厌。

说来茭白是我最喜欢的时蔬之一，这喜欢自很小的时候就开始了。皖南丘陵地带一小片平地上的农村，虽水网也称得上繁密，物产却并不丰富，除赖以为生的水稻外，几乎一切经济作物都很少种作。要之地方经济落后，缺乏商业化的土壤，故一切食用多停留在农耕自给状态。听起来便品格高雅的"水八仙"，如芡实（鸡头米）、莼菜，只水质尚未破坏时水塘里零星自发的一丛。莲藕要去街上才能买到，地方办酒席时，有切得极薄与黑木耳、肉片同炒的藕片，以及切成大块、加许多红糖炖得黏稠酥烂的莲藕汤。荸荠、菱角偶尔有人种一点，荸荠在冬天收获，我们称为"荠子"，有几年外家种了，偶尔去玩的时候，跟在大人后面，看他们于寒风中下到冷水田里，用洋锹挖荠子。被一年农事磨得口子雪亮的洋锹，四面铲下去，一大块四四方方的土翻过来，露出里面一个一个紫红的圆疙瘩。有的荠子被洋锹铲破了，露出半边雪白的肉来，使人见了心里十分惋惜。冬天的荠子冰凉、鲜甜，我们总是把它洗净了用菜刀削去外皮生吃。这样的时候不可多得。水塘里多野菱角菜，夏天干塘时贴在塘泥里，为太阳晒得焦渴，一棵棵叶子挤得支棱起来，小孩子不怕刺，光着脚走到塘里，摘一荷包青青的野菱来吃。野菱都太小了，尚不及我们的指头。四角的大菱偶有人栽种，蔓延一小片塘，能于人家采菱时碰得一小捧的馈赠，已是很大的幸运。

茭白因此显出它难得的可亲与易得来。我们称茭白为"茭瓜"，读若"高瓜"。茭瓜是家里年年都种的，又可以生吃，格外显得是小孩子的恩物，如同菜园里黄瓜架子，是嘴馋肚饥时流连的好去处。也并不怎么管它，菜园旁边爸爸用作养鱼苗的一个小水塘，或是家门右手边那时还存在的一个小死水荡（如今它早已被爸爸填平，上面盖了一间农具屋），里面种上几大丛。春来茭瓜墩渐渐抽芽，到初夏成高大一蓬。到了秋初，茭瓜渐渐要长出来，叶子底下一片一片左右合抱的叶鞘开始变扁，小孩子便开始一日看三回，恐怕已有茭瓜长出来，没有及时拔出来吃掉，或是被其他的小孩捷足先登。这需要一点判断的技巧，拔得太早，茭瓜就太小，不够吃几口，也未免糟蹋东西；拔得晚了，茭瓜又已经变老，不合生吃，只能给大人烧菜了。我们没事就在茭瓜池边晃晃，看到一根两边叶鞘合抱的地方像小棒槌一样微微鼓起来了的，就踮起脚来，扯住长长的叶子，哗啦哗啦把它分开，把底下的茭瓜拔上来。

茭瓜肚子露出一绺白，上面还是紧紧包裹着的青绿叶鞘，这样的茭瓜最嫩。剥开来，我们把茭瓜在水池里荡一荡，或是在衣服上擦一擦，就这样生吃起来。才发出不久的茭瓜里面白极了，吃起来又肥又嫩，咯吱咯吱的，多年后我回想起来，觉得有股生吃菌子的丰腴感。就这样，茭瓜成熟的季节，我们每天都要去茭瓜池边徘徊，拔一两根新的茭瓜来吃。慢慢茭瓜长得多起来，不及初出时鲜嫩，就不看得那么珍贵。大人们每隔几天拔回一捆，洗净切片，和油盐炒香，加一点酱油、加一点水焖软，是秋天饭桌上常见的菜蔬之一。茭瓜易老，几天不采，就过了头，根头发绿，切开来有的里面也有了许多细细的黑点，这样的茭瓜，就只能扔到场基上或是猪笼屋里，给鸡叼几口，或是给猪哑哑嘴了。等到秋深，茭瓜渐渐歇下去，几至于没有了，小孩子的心里也感到一种说不出的惆怅，最后一次来到茭瓜池边，看看是否还有被遗漏的小茭瓜。茭瓜叶子由青绿转为褐黄，为露水打软，慢慢倒伏在茭瓜墩四周，空气中充满冷凉的秋气。转了半天，终于在茭瓜墩上找到一个，喜滋滋拔出来，末季的小茭瓜已经只有手指般粗细了，滋味也不及初时，但还是很珍惜地吃完，再要吃到茭瓜，就要等明年了。

二

上大学后，有一天读到李白的《宿五松山下荀媪家》：

我宿五松下，寂寥无所欢。

田家秋作苦，邻女夜春寒。

跪进雕胡饭，月光明素盘。

令人惭漂母，三谢不能餐。

　　漂泊经年、暂宿在五松山下的李白，寂寥无所欢时，眼耳所见所闻，皆是田家秋作之苦，邻女夜舂之寒。然而就是这样勤苦的田家，把辛苦收获的雕胡米煮成熟饭，放在素盘里郑重地端给他吃。他的内心深为感愧，想到昔年救济韩信的漂母，三谢而不能餐。看注解，才知道原来雕胡饭就是菰米饭，是我们所吃的茭白的果实 —— 当然，后来我知道这样的说法并不准确，我们所吃的茭白，实是古称为"菰"的茭草植株，体内感染黑穗菌（也称"菰黑粉菌"）之后，其代谢产物吲哚酸在植株抽薹时，刺激花茎组织，使其基部增生而成的肥大肉质茎（也称"菌瘿"，所以无怪乎我觉得生吃嫩茭白有一种生吃菌子的鲜腴感）。感染了黑穗菌的茭草植株就不能再开花结果，而未感染黑穗菌、可以正常开花结果的茭草，所结出的果实，就是古代诗文中常见的"菰米""雕胡"。

　　关于"菰"的名称，李时珍《本草纲目》"菰"条云："菰本作苽，茭草也。其中生菌如瓜形，可食，故谓之苽。其米须霜雕之时采之，故谓之凋苽。或讹为雕胡。[1] 枚乘

---

[1] 关于"雕胡"名称的含义，闫艳《唐诗食品词语语言与文化之研究》"雕胡"篇中认为"雕胡"之"雕"指鸟类，左思《吴都赋》："雕啄蔓藻。"注云："雕啄，鸟食貌。"《管子·地员篇》中雕胡又名雕膳，菰米秋季成熟，此时北雁南飞，正以菰米为食，故称为雁膳。美洲人亦因菰米为水禽及鸟类所喜食，称菰米为"野燕麦"，故"雕胡"之"雕"应源于鸟类啄食之义。以上解释应较准确，详见闫书第33—34页，巴蜀书社2004年版。

《七发》谓之安胡。《尔雅》：啮，雕蓬……孙炎注云：雕蓬即菰米，古人以为五饭之一。郑樵《通志》云：雕蓬即米菰，可作饭食，故谓之啮。"又云："江南人呼菰为菱，以其根交结也。"菰又称"蒋""蒋草""菰蒋"，《说文》："苽，雕苽，一名蒋"，大约也只是"菱"的一声之转。菱白古人又称菰首、菰手，苏颂《本草图经》卷九"菰根"条谓菱白形如小儿手臂，应以"菰手"为是，并云："二浙下泽处，菰草最多，其根相结而生，久则并土浮于水上，彼人谓之菰葑。刈去其叶，便可耕莳，又名葑田。其苗有茎梗者，谓之菰蒋草。至秋结实，乃雕胡米也。"

菰（Zizania latifolia）是禾本科植物，它的颖果在秋季成熟，从先秦时代起，直至唐代，都是人们珍重的粮食作物之一。《周礼·天官冢宰·食医》："凡会膳食之宜，牛宜稌，羊宜黍，豕宜稷，犬宜粱，雁宜麦，鱼宜苽。凡君子之食恒放焉。"说肉食与饭食适宜的搭配，鱼肉适合配菰米饭，君子大夫参照王的饮食律例。《周礼·天官冢宰·膳夫》："凡王之馈，食用六谷。"郑玄注引郑众曰："六谷，稌、黍、稷、粱、麦、苽。苽，雕胡也。"[1]菰米是与稻、麦、粱等五谷并列的"六谷"，同供贵族享用，是郝懿行所谓"古人恒食，故列经中"（《尔雅义疏·释草弟十三》）者。楚辞《大招》中亦有菰米饭："五谷六仞，设菰粱只。鼎臑盈望，和致芳只；内鸧鸽鹄，味豺羹只。魂乎归来，恣所尝只！"菰粱煮成的饭食，与芳香肥美的鸧鹒、鸽鹄、豹羹一起，一同成为招徕逝者魂兮归来的珍味。相传为宋玉所作的《讽赋》中，店主之女"炊雕胡之饭，烹露葵之羹"，来劝宋玉进食。枚乘《七发》中有"楚苗之食，安胡之饭"，"安胡"即雕胡，亦是吴客用以刺激有疾的楚太子生之欲望的食物之一。司马相如《子虚赋》中，子虚先生极力铺排云梦泽物产的丰饶，"其埤湿则生藏莨蒹葭，东蘠雕胡"。可见在先秦至汉之时，菰米饭是可供夸耀的精珍之食。

其后左思的《蜀都赋》续之："其沃瀛则有攒蒋丛蒲，绿菱红莲。""攒蒋"即丛生的菰草植株。继承枚乘的"七"体，东汉及其后的"七"赋中，也多有菰米的出现。曹植

---

1 《周礼·天官冢宰·大宰》："一曰三农，生九谷。"郑玄注引郑众谓九谷为黍、稷、秫、稻、麻、大豆、小豆、大麦、小麦，认为麦有两种而没有菰米不合理，因此将大麦、小麦合并为麦，增加了苽。这里的六谷虽是引郑众说（"司农云"），实际已是郑玄修之后了的。程瑶田认为郑玄的这一修改是考虑到《食医》的"六宜"中有"鱼宜苽"，因此九谷中也宜有苽。（《九谷考·苽》）此处参考了篠田统《中国食物史研究》，高桂林、薛来运等译，中国商业出版社1987年版，第83—85页。

《七启》："芳菰精稗，霜蓄露葵。"芳香的菰米与精细的稗米，以及经霜后的葵菜，都是"可以和神，可以娱肠"的"肴馔之妙"。桓麟《七说》："香箕为饭，杂以粳菰。"香箕即粱（粟），这里是与粳米、菰米一起煮成熟饭。傅选《七诲》："孟冬香秔，上秋膏粱，雕胡菰子，丹贝东墙，濡润细滑，流泽芬芳。"沈佺期《七引》："雕胡精粲，蒸气浮浮，菰羹视夏，芥齑含秋。"

菰叶细长如剑，和香蒲叶很有些相像，风过时叶相交拂，低映水面，可称优美。南方下泽处又多有之，从魏晋时期开始，到山水风景意识渐渐觉醒的南北朝时期，菰便常常与其他水生植物一起，成为诗人们摹写水景之代表，传递或清新或婉转之幽情。或与其他蔬食一起，作为应季的嘉产出现。

如张载《泛湖诗》："春菰芽露碧，水荇叶连青。"刘骏《济曲阿后湖诗》："平湖旷津济，菰渚迭明芜。"南朝乐府《月节折杨柳歌·五月歌》："菰生四五尺，素身为谁珍。"沈约有《咏菰诗》，"结根布洲渚，垂叶满皋泽。匹彼露葵羹，可以留上客"，描摹菰草结根洲渚、垂叶离离之景象，而随继《讽赋》之句意。又有《行园诗》，"寒瓜方卧垄，秋菰亦满陂。紫茄纷烂熳，绿芋郁参差。初菘向堪把，时韭日离离。高梨有繁实，何减万年枝。荒渠集野雁，安用昆明池"，将秋菰与种种应时之蔬并举，流露出愉悦的诗情。庾肩吾《奉和太子纳凉梧下应令诗》："黑米生菰叶，青花出稻苗。"菰米与稻花一起，作为初秋时令的风物，被注目、观看、描写。

而有名的菰蒲出水的风景，大约还数谢灵运的《从斤竹涧越岭溪行》："蘋萍泛沉深，菰蒲冒清浅。"蘋为四叶菜，萍即浮萍，都是平铺在水面的植物，菰蒲与之则有低昂参差之别。作为一个深刻纵情于山水、以一己之力开拓了山水诗的诗人，谢灵运的描摹尤其注重对风景的刻画，对动词的选用也苦心经营，又努力归于自然清新。这里的"冒"字虽来源于曹植的"秋兰被长坂，朱华冒绿池"，却是承袭得很妥帖的例子，恰恰生动地描写出了菰叶与蒲草尖尖的叶子从清流中举出的样子。

三

唐人诗中，尤多雕胡饭之记载。除了前面李白那首著名的诗以外，王维的诗中也曾写过多次："郧国稻苗秀，楚人菰米肥"（《送友人南归》）揣想友人南归，所来之处物产之丰，以慰离客之情；"蔗浆菰米饭，蒟酱露葵羹"（《春过贺遂员外药园》）写过外甥药园所尝之美馔，菰米饭用蔗浆拌过，甜甜的想必很好吃。露葵羹则再次与之对举出现，成为继《讽赋》《七启》等赋将菰米饭与露葵羹对举的例子之后，一个稳定绵长的典故。"香饭青菰米，嘉蔬紫芋羹（一作绿笋茎）"（《游感化寺》）是初春游感化寺时与僧人的清食，雕胡与芋头（诗人们又喜称之为"蹲鸱"，谓其状如蹲伏的鸱鹰）的对举因之也成为后世写山家饮食时一个喜欢的典实。

杜甫很喜欢雕胡饭的口感，在穷窘交迫的生活中，曾与人寄诗，动情地表达自己对雕胡饭与莼菜羹的想念："滑忆雕胡饭，香闻锦带羹。溜匙兼暖腹，谁欲致杯罂？"（《江阁卧病走笔寄呈崔卢两侍御》）在"客子庖厨薄"与"衰年病只瘦"的坦诚下，这样的口腹之欲也显得格外动人。雕胡饭和莼菜羹似乎也成为旧日繁华世界之一代表，笼上一层温柔颜色。

此外如"一钟菰葑米，千里水葵羹"（《历阳书事七十韵》）是刘禹锡初任和州刺史时，写治所历阳（今安徽和县）之特产。皮日休在《鲁望以躬掇野蔬兼示雅什用以酬谢》里，感谢友人陆龟蒙（字鲁望）于春日亲手为他摘来野菜，在细数野蔬之美及揣想友人采摘搜寻的情形之后，表示要用雕胡饭和醍醐来搭配这珍贵的野菜，说是"彫胡饭熟醍醐软，不是高人不合尝"。在另一首《鲁望春日多寻野景日休抱疾杜门因有是寄》里，回忆两人平时共同出游的情景，也有"数卷蠹书棋处展，几升菰米钓前炊"的句子。在这些诗中，诗人们对菰米饭之味都是纯然的赞赏，可见在唐朝，菰米已是十分普遍的食物，地位也颇高，是很受人喜爱的。

菰米作为禾本科植物种子，形状细长、纤瘦，比稻米长得多，有一两厘米长。外壳棕褐，去掉外壳之后的糙米为黑褐色，去掉这层黑褐色的皮，内里则为白色。故诗人们描写菰米成熟，多用"黑米"形容，如"秋菰成黑米，精凿传白粲"（杜甫《行官张望补稻畦水归》）、"卧蒋黑米吐，翻芰紫角稠"（张籍《城南》）。《本草纲目》"菰米"条将之描写得很准确："雕胡九月抽茎，开花如苇芀，结实长寸许，霜后采之，大如茅针，皮黑褐色。其米甚白而滑腻，作饭香脆。"菰米饭的爽滑与香脆，是今天我们阅读文献时所能感受到的最鲜明的印象。

菰米，通常用以做饭，有时杂以其他粮食一起蒸煮。潘尼《钓赋》，"红曲之饭，糅以菰粱"，是将蒸熟发酵晒干后的红曲米与菰米、小米一同煮饭。元稹《酬乐天东南行诗一百韵》，"杂莼多剖鳝，和黍半蒸菰"，是菰米与黍子一同蒸熟。煮好的菰米饭，有时用甜汁浇来吃，前引王维的诗，是用蔗浆拌菰米饭，比之晚一些的韩翃也有"楚酪沃雕胡，湘羹糁香饵"（《赠别崔司直赴江东兼简常州独孤使君》）的句子，可见唐人确实有拿带甜味的液体来拌菰米饭吃的习惯。也可以煮粥，寇宗奭《本草衍义》中有河朔边人以菰米"合粟为粥"的记载。可以磨粉做饼，左思

《吴都赋》:"菰穗雕胡,菰子作饼。"《本草纲目》引陶弘景曰:"菰米一名雕胡,可作饼食。"

古人食用菰米,通常要先去皮。去掉外壳之后,糙米上的紫皮也都去掉。桓麟《七说》中,形容其饭"散如细蚳,抟似凝肤",散开来就如蚁卵,抟起来则如凝脂般光滑,都是夸陈其洁白有光泽,是去皮后才能有的样子。前引杜诗"秋菰成黑米,精凿传白粲",后二句为"玉粒足晨炊,红鲜任霞散",所写正是菰米去皮食用的环节,经过"精凿"去掉的皮("红鲜")弃去,只留"玉粒"炊食。《本草纲目》里写"其米甚白而滑脆",显然也是去紫皮后再食用。北魏时贾思勰《齐民要术》卷九"飧、饭法"中记载了给菰米去皮的方法:

菰米饭法:菰谷盛韦囊中;捣瓷器为屑,勿令作末,内韦囊中令满,板上揉之取米。一作可用升半。炊如稻米。

他说把带皮的菰谷盛入皮袋中,将瓷器捣成碎屑,但不要到细末的程度,一起放进皮袋装满,放在板上揉搓,搓去外皮,就可以得到菰米了。一次可作一升半的量。煮菰米饭的方法就和稻米一样。之所以要用这样特殊而繁琐的方法,是因为菰米的外壳很薄,紧紧裹在米粒之上,不像稻壳那样容易与米粒分离,菰粒又十分纤长、性脆,如果用舂稻的法子去舂，大约只能捣成一堆粉末。不过实际上，菰米不去糙米上的紫皮也并不影响食用，南宋周弼的《菰菜（八分山下滩渚丛穗弥望可爱）》里，说菰米"不烦舂簸即晨炊，更胜青精颜色好"，青精即青精饭，是用南烛叶浸水染色煮出的饭，颜色青蓝，这里说菰米不需要舂簸就可以直接煮饭，煮出来的颜色比青精饭的蓝黑还要好看。可见古人亦有不去内皮直接煮食菰米的习惯，连内里的紫皮都去掉的菰米，大约就可称之为"精凿"了。

在唐代，因为菰米的大量食用，人工栽培菰草也很常见。李德裕有《忆种菰时》：

尚平方毕娶，疏广念归期。
涧底松成盖，檐前桂长枝。
径闲芳草合，山静落花迟。
虽有菰园在，无因及种时。

于春日怀想自己的平泉山居，怅叹田园清景正佳，而自己不能像汉代尚平、疏广那样归隐，即便拥有一片菰园，也没法回去赶上种植的时节。这慨叹在宦游人大约是一种常见的发抒，未需多么当真（虽然纵观李德裕最终高位被贬至死的命运，我们将不得不感慨其诗如谶言般的预示），不过可见在中唐，种植菰蒋确是很平常的事。晚唐韦庄亦有"满岸秋风吹枳橘，绕陂烟雨种菰蒋"的句子，描写一位渔翁居所的环境，并悬想其"芦刀夜鲙红鳞腻，水甑朝蒸紫芋香。曾向五湖期范蠡，尔来空阔久相忘"（《赠渔翁》）的闲逸生活。整首诗虽有美化代言成分，但"种菰蒋"是依水而居的人们为生之一普通手段，也是确定可见的。当然，历史上菰草的人工种植早已开始，前引沈约《行园诗》"秋菰亦满陂"，结合诗题，就已经显示出栽培的痕迹。现在我们所知道的最早关于栽培菰米的记载，在记汉事的《西京杂记》中：

　　会稽人顾翱，少失父，事母至孝。母好食雕胡饭，常帅子女躬自采撷。还家，导水凿川，自种供养，每有赢储。家亦近太湖，湖中后自生雕胡，无复余草，虫鸟不敢至焉，遂得以为养。郡县表其闾舍。（卷五·母嗜雕胡）

　　会稽人顾翱的母亲喜欢吃菰米饭，他便常常率领子女一起去采撷成熟的菰米，回家自己导水凿川种植，以供母亲食用，且常有富余。后来他家附近的太湖也自生出菰草，供养更不成问题。《西京杂记》，如今学者们一般认为是东晋葛洪所撰，其所记汉代故事，真假掺杂，虽有不合于正史者，却也有很多与正史相符，应当有其所据的汉代史料来源。[1] 顾翱种植雕菰这一条，从内容性质上看偏于真实，栽培菰米的历史，即使不便上推到汉代，在葛洪生活的晋代已经存在，则应是确定无疑的。至于"虫鸟不敢至焉"云云，是录人风者所好言，也是《西京杂记》故事所喜带的神怪色彩之一，如今我们可以不必管。

四

前引李德裕与韦庄诗，都有一个共同的指向，即自己或渔翁隐逸的愿望或现实 —— 李德裕的这首《忆种菰时》，是其《思山居一十首》组诗中的第三首，这些诗要之表达自己对山居生活的思念及何时能归隐的愿望（"岂望图麟阁，惟思卧鹿门"，见组诗之《春日独坐思归》），而一个种满菰草的园池是可以代表这隐逸生活之一象征。渔翁的生活简单自足，韦庄却设想他"曾向五湖期范蠡，尔来空阔久相忘"，一个怀抱江湖的老叟形象便呼之欲出。这提醒我们注意到，到唐朝，关于菰和菰米的文学描写，除了作为传统水景风物的代表和赖以生活的粮食以外，还逐渐凸显出一个新的意象，即隐逸的象征。

1　王仲荦：《魏晋南北朝史》，上海人民出版社2016年版，第841—843页；李剑锋：《唐前小说史料研究》，山东教育出版社2016年版，第145—150页。

有关菰的最有名的隐逸典故，在《晋书·张翰传》中：

翰因见秋风起，乃思吴中菰菜、莼羹、鲈鱼脍，曰："人生贵得适志，何能羁宦数千里以要名爵乎！"遂命驾而归。

在五代以后绝大多数世人的理解中，这里的"菰菜"指茭白。张翰在秋天思念家乡苏州的茭白、莼菜羹和鲈鱼脍，说人生的宝贵在于遵从内心，哪能羁留在数千里之外，为名为爵，远离乡土呢？于是命人驾船归去。这故事的内里并不像它表面看起来那样纵诞，张翰时被齐王冏辟为大司马东曹掾，齐王执权，而张翰对他同郡的顾荣说："天下纷纷，祸难未已。夫有四海之名者，求退良难。吾本山林间人，无望于时。子善以明防前，以智虑后。"因此实际充满逃离权力中心风波的危机感，"俄而冏败，人皆谓之见机。"（《晋书·张翰传》）但在后世的运用中，这个典故还是被大大地浪漫化了，逐渐演变为对故乡的思念以及缥缈的归隐梦想。

但在铺陈后世对菰的这一隐逸典故的运用之前，尚有一个疑问需要我们厘清，即是在晚唐五代之前，唐人写及菰的诗中，张翰思菰菜这一典故几乎绝不可见。对此，程杰的《三道吴中风物，千年历史误会——西晋张翰秋风所思菰菜、莼羹、鲈鱼考》一文中有详细考证，总结其言，则是《晋书》中张翰思乡条的记载来源于《世说新语·识鉴》："张季鹰辟齐王东曹掾，在洛见秋风起，因思吴中菰菜羹、鲈鱼脍，曰：'人生贵得适意尔，何能羁宦数千里，以要名爵！'，遂命驾便归。"所举菜品，原为菰菜羹、鲈鱼脍两种，《晋书》或因脍鱼莼羹亦为魏晋南北朝时有名的羹汤，遂添莼羹于其中。原本的"菰菜羹、鲈鱼脍"实是六朝时有名的饮食，"菰菜"并不是后世通常所以为的茭白，而是一种雨后出现的地菌。[1]《太平御览》卷八六二"饮食部"辑《春秋佐助期》曰：

> 八月雨后，菰菜生于涝下地中，作羹臛甚美。吴中以鲈鱼作脍，菰菜为羹，鱼白如玉，菜黄若金，称为'金羹玉鲙'，一时珍食。

《春秋佐助期》为汉人所著、三国魏人宋均注的《春秋》纬书，宋以后散佚不传，时代在张翰前无疑。[2]南宋罗

1　具体论述见程杰：《三道吴中风物，千年历史误会 —— 西晋张翰秋风所思菰菜、莼羹、鲈鱼考》，收入程杰：《花卉瓜果蔬菜文史考论》，商务印书馆2018年9月版，第465—482页、第491—493页。因为程杰的"菰菜"不是茭白而是一种地菌的观点较为新颖，还不太为人所知，并涉及茭白何时在我国出现和大量生产的时代问题，故稍详复述之。以下两段论述菰菜为一种菇菌的内容，大多复述自程文，而稍有发扬。

2　（清）乔松年《纬攟》引《春秋佐助期》"金羹玉鲙"作"金齑玉脍"。

愿《尔雅翼》卷六亦云："《荆楚岁时记》九月九日事中，称菰菜地菌之流，作羹甚美，鲈鱼作脍白如玉，一时之珍"，都是转述南朝梁人宗懔《荆楚岁时记》的内容，时代在《世说新语》之后。两者均曰菰菜羹、鲈鱼脍之搭配为一时之"珍食"，可见张翰之所思并非个人的突发奇想，而是其时早已四方扬名的乡土风物。《春秋佐助期》与《荆楚岁时记》中的两条记载，也都表明菰菜是雨后低湿之地所生的一种地菌，类似于今之地皮菜，只是地皮菜颜色黄褐或绿褐，未有接近《春秋佐助期》所谓金黄者。[1]"菰"与"菇"同音，"菰菜"即"菇菜"，《齐民要术》羹臛法第七十六中有"菰菌鱼羹"，即用菇菌芼鱼片做羹。[2]北宋

---

1 关于菰菜夏日雨后低湿之地所出的描述绝类于今之地皮菜（普通念珠藻，*Nostoc commune* Vauch.，又名椹菜、雷公菜），《春秋佐助期》谓菰菜"黄若金"，但地皮菜颜色为黄绿、黄褐或绿褐，未有如黄金者，颇疑是为与白色的鱼脍形成"金""玉"之颜色对举，而变称黄绿为"金"，记录人未见实物，遂进一步发挥为"菜黄若金""色黄赤"。

2 《齐民要术》中称菰草为蒋、菰蒋，菰作食物时则称为菰米、菰叶（裹粽用），而未提及菰首（手）。今本"蒋"条下有一则引《食经》云："藏菰法：好择之，以蟹眼汤煮之，盐薄洒，抑着燥器中，密涂稍用。"从仔细拣择到用水煮沸、薄盐腌之的做法，都更接近处理掺杂着地表杂质的菌菇的方法，这里的"藏菰"或当理解为保存菌菇的方法，而非茭白。见程杰书第492—493页。另《(元丰)吴郡图经续记》中所记菰菜"薄盐裛之"的做法也与《食经》藏菰法"盐薄洒"相同。《齐民要术》羹臛法第七十六中还有"作菰叶羹法"："用菰叶五斤，羊肉三斤。葱二升，盐蚁五合，口调其味。"按颇疑"叶"（葉）为"菜"之误字，或此叶即菰菜裛条所谓"叶鲜嫩"之"叶"，指土菌之片状胶质体，而非菰草叶。因菰草叶不可食，而此羹中"菰叶"用量占比最多，显然不是点缀。范成大《吴郡志》卷二十九"菰叶羹"条已云："菰首，吴谓之茭白，甘美可羹。而叶殊不可噉，疑叶衍或误。"

朱长文《（元丰）吴郡图经续记·杂录》记唐"大业中，吴郡……献菰菜褁二百斤。其菜生于菰蒋根下，形如细菌，色黄赤，如金梗，叶鲜嫩，和鱼肉甚美。七八月生，薄盐褁之，入献。"则更明确写出菰菜是"叶鲜嫩"的小菌，和地皮菜菌藻类皱片状的透明胶质体相似，而和茭白的模样相去甚远。唐人本草著作中，所谓菰菜与菰首均"分别著录，视作两物，所述形状、性味、功效迥然不同"，约从五代开始，因名称中均有"菰"字，又有菰菜生菰草中的附会，本草类图书逐渐将菰菜与菰首牵合一处，五代韩保升《蜀本草》将菰菜与菰首简单连缀一处，但仍是二物，至北宋苏颂《本草图经》则彻底将菰菜与茭白混为一谈，"（菰）春亦生笋，甜美堪啖，即菰菜也，又谓之茭白"。苏颂知"南方人至今谓菌为菰，亦缘此义也"，却不悟此"菰"为彼"菇"，己已混同此菰彼菌矣。其后自唐慎微《证类本草》以下，包括李时珍《本草纲目》均承其误。[1]

这可以从侧面解释为何今存唐人写及菰的诗中，几乎绝无张翰思菰菜的典故。不过在古人将菰菜之"菰"与菰草之"菰"混淆的时间上，似乎还可再稍加修正。晚唐五代以前，唐人写及菰草的诗中而用到张翰这一典故的，有

---

1 程杰：《三道吴中风物，千年历史误会——西晋张翰秋风所思菰菜、莼羹、鲈鱼考》，程杰：《花卉瓜果蔬菜文史考论》，商务印书馆2018年9月版，第478—479页。

张志和的《渔父》其四："松江蟹舍主人欢，菰饭莼羹亦共餐。枫叶落，荻花干，醉宿渔舟不觉寒。"其后是刘禹锡的《览董评事思归之什因以诗赠》："几年油幕佐征东，却泛沧浪狎钓童。敧枕醉眠成戏蝶，抱琴闲望送归鸿。文儒自袭胶西相，倚伏能齐塞上翁。更说扁舟动乡思，青菰已熟奈秋风。"前者以唐人更为熟悉的"菰饭"代替"菰菜"，后者"青菰"的描述似乎接近于茭白，即后世以为的"菰菜"，但又像是作者因不熟悉而出的模糊之词。但无论"青菰已熟"指的是菰米还是茭白成熟，这两处都是将张翰典故中的"菰菜"认作菰草相关而非地皮菜一类的土菌。此后还有赵嘏的《松江》："松江菰叶正芳繁，张翰逢秋忆故园。"亦是一类。

因此我们可以说，将张翰所思的先前指地皮菜一类土菌的"菰菜"以为是菰草亲身孕育之物（菰米、茭白，有时也用以指代菰草）的误解，自中唐后已逐渐开始，但在晚唐五代诗中也只有零星的运用，至北宋至明清，则成为普遍的典故，于诗文中屡获一觑。[1]但这一典故中蔚为大观的，还是莼羹与鲈脍，而被视为茭白的"菰菜"，因其后世的常见，在珍奇或名贵程度上有所欠缺，常被诗人们选择性忽略。

因此，菰的隐逸意象的发展，起初还是在另一根枝芽上的萌蘖，与其生长在浅水中的习性息息相关。它首先仍是与香蒲、芦苇等其他水生或亲水植物一起，和水鸟、雁禽等意象相结合，共同构成一套水生环境的美丽画面，供诗人们吟咏。"红叶江枫老，青芜驿路荒。野风吹蟋蟀，湖水浸菰蒋"（白居易《江南喜逢萧九彻因话长安旧游戏赠五十韵》），是诗人们展写秋情的一好画卷。而这一水境，一方面天然接近偏僻的田园生活，另一方面又与中国诗歌传统中常常作为隐士形象出现的渔翁的生活场景高度相关，从而引逗出隐逸的倾向。

1　如北宋刘季孙《三高祠咏古》三首其二："谁将菰菜撷，正是鲈鱼肥。时有季鹰者，怀此知所归。"南宋方岳很爱用这个典故，好几首诗中都用到，如《次韵程兄投赠》其二："知无燕颔可封侯，素米长安亦强留。输与鲈肥菰叶滑，吴中风味老孤舟。"《水调歌头·平山堂用东坡韵》："芦叶蓬舟千重，菰菜莼羹一梦，无语寄归鸿。"《蝶恋花·用韵秋怀》："世路只催双鬓白。菰菜莼羹，正自怜人忆。"袁说友《泊吴江食莼鲈菰菜》二首其一："青丝簇饤莼菜味，白雪堆盘缕脍鲈。我向松江饫鲜美，菜肠今更食新甜。"贺铸《送时适归彭城兼寄王会之并张白云》："为话吴门非乐土，鲈鱼菰黍漫淹留。"元郑洪《寄祇园师煦东白》："菰米云深鸿雁饱，梧桐月冷凤凰饥。台州若问狂司户，张翰湖头两鬓丝。"明车大任《赴永桂任留别沱江》："菇菜鲈鱼牵客梦，雪泥鸿爪写离情。"清屈大均《白华园作》其五："霜澄采菰米，为饭何香腻。更得鲈鱼羹，可以娱荒岁。"胡敬《茭白》："离离植烟水，皎皎含风露。是宜共秋莼，千里远驰慕。"

王维《辋川闲居》："一从归白社，不复到青门。时倚檐前树，远看原上村。青菰临水拔（一作披，一作映），白鸟向山翻。寂寞於陵子，桔槔方灌园。"白色是平民的颜色，白社便指平民的社团，这里用以指代诗人所居的辋川。青门则指代长安的城门，是在京城为官之意。诗人一旦回归到辋川，便不再记挂朝城，而是在寂寞与闲静中观看自然的景色。近处庭树与远处原村，拔水青菰与翻山白鸟，近远静动之间，诗人尚有所从事，像战国时代隐居于於陵的陈仲子般，汲水灌园。裴迪《北垞》，"南山北垞下，结宇临欹湖。每欲采樵去，扁舟出菰蒲"，是唱和王维的《辋川集二十首》之一，北垞在辋川欹湖北岸，诗人将文学传统中另一与隐士相当重合的身份：樵夫，与渔翁的形象结合起来，表达在这景秀之地渔樵而隐的愿望。而可象征这一隐逸行为的，则是乘一叶小舟，自菰蒲丛中翩然划出。杜牧《游盘古》中写昔日独居盘谷的李愿，其情境是："昔人有李愿，筑地一居独。白鸟依芦塘，菰花映茅屋。心怡适所安，忧大反忘欲。掉头不肯应，谓我此乐足。"许浑《与张道士同访李隐君不遇》写寻访李隐士不遇，在人去斋空、秋草遍覆的山中，所见之景象，也是"霜寒橡栗留山鼠，月冷菰蒲散水禽"。皮日休《习池晨起》是其早年在襄阳所作，写自己在岘山习池游乐忘返的生活，其一便是"菱叶深深埋钓艇，鱼儿漾漾逐流杯"。又如陆龟蒙《奉和袭美吴中言情见寄次韵》：

> 菰烟芦雪是侬乡，钓线随身好坐忘。
> 徒爱右军遗点画，闲披左氏得膏肓。
> 无因月殿闻移屟，只有风汀去采香。
> 莫问江边渔艇子，玉皇看赐羽衣裳。

　　诗人写自己在菰苇丛中垂钓，过的是一种近于隐逸的生活。寻常所喜爱的，也只是欣赏王羲之的书法和阅读《左传》。无由得听西施昔年传彻在响屟廊中木屟的声响，只能去她曾经采莲的汀上一闻那仿佛从古流传至今的芳香。那江边的渔翁，他们逍遥自在，身上的蓑衣层层叠叠，就像玉皇赐下的羽衣一样透着仙气。"菰烟芦雪"的描写极美，秋水之上，菰米成熟，仿佛黑色的烟雾，而芦花蓬茸，如同雪一般颜色。这也是陆龟蒙和皮日休（字袭美）密切往来的松陵唱和诗中的一首，而这数百首唱和诗中，一大主题便是对隐逸生活的歌颂。

　　这大概并非因为诗人们多么真正热爱烟波钓舟的生活（诗人所爱好的，仅仅是渔翁生涯中较闲适的那部分），联系到晚唐藩镇割据、宦官专权、战乱纷仍的现实，不能不说其中含有逃避的因子，其背后所暗藏的，有士人在乱世中无可奈何的落寞。这隐逸的爱好可以说是时代之一印迹，不独皮、陆，晚唐诗人中多有隐逸者，亦多有隐逸诗的写作[1]。与陆龟蒙同有交游、先隐后仕的吴融，有《池上双凫》（二首其一）：

> 碧池悠漾小凫雏，两两依依只自娱。
> 钓艇忽移还散去，寒鸥有意即相呼。
> 可怜翡翠归云鬓，莫羡鸳鸯入画图。
> 幸是羽毛无取处，一生安稳老菰蒲。

碧池中相依娱乐的小野鸭，警觉地躲避着渔人与鹰隼的危险，因为羽毛的平淡无奇，才能够在菰蒲丛中安稳终老一生，不像翠鸟、鸳鸯那样可能因其华彩而遭殃。其二又有句云："敢为稻粱凌险去，幸无鹰隼触（一作逐）波来。"两首表面咏凫，实际乃是以凫作譬，自道其乱世谨慎行事、避祸保全的心理。在这里，"菰蒲"再次作为一种安稳生活的意象出现了。这种以水鸟或雁禽喻人之避祸的诗，早在吴融之前，杜牧也写过一首著名的《早雁》，伤悯北方平民遭受胡人的侵袭而南逃，正如被胡人的弓箭吓得哀鸣逃散的大雁一样。在诗的最后，杜牧劝说那些飞到南方

1　胡遂：《佛教与晚唐诗》，第三章《现实的回避——佛教与晚唐隐逸诗》，东方出版社2005年版，第137—174页。

的大雁，不要在春天又飞回北方，"莫厌潇湘少人处，水多菰米岸莓苔"，不要嫌弃潇湘水边荒无人迹之处，那里多有菰米和莓苔，可以生存下去。

后来晚唐至南唐时的李建勋，也写过一首《白雁》：

东溪一白雁，毛羽何皎洁。
薄暮浴清波，斜阳共明灭。
差池失群久，幽独依人切。
旅食赖菰蒲，单栖怯霜雪。
边风昨夜起，顾影空哀咽。
不及墙上乌，相将绕双阙。

他写这只失群的孤雁，把它写得很美，乃至于孤绝。它的羽毛是那样皎洁，黄昏时在清波中沐浴，夕阳照在它身上，就好像跟随它一起明灭一样。它在飞行的途中依赖菰蒲的种子为食，孤单地栖息的时候，也害怕霜雪的侵袭。天气越来越冷，它在夜里顾见自己孤单的身影，只能发出悲哀的鸣咽。而不像墙上的乌鸦，可以双双扶持着绕过宫阙。考虑到李建勋在南唐功至相位，被罢而后复相，在中主李璟朝先出为抚州节度使，后再至相位，最终在被召拜司空时称疾隐退的经历，这样一首咏雁诗，显然有其寄意在其中。这洁白孤独的大雁就像他自身一样高洁，对孤雁的咏叹因此也是对自身处境的一种警惕、不平的反省。

这几首诗里面，都有着菰或菰米的身影，不仅因为菰草在水边的常见，也因为菰米是鸟类的食物。秋季菰米成熟，正是候鸟南飞到长江流域栖息过冬的时候，因此成为它们喜欢的食物，是很自然的事情。同样，菰米在唐朝的普遍食用，也促使菰成为隐逸的象征，指向诗中的一个常见角色。无论是自古"鱼宜菰"的记载，还是菰米与鱼在水生环境中容易同时出现的高度可能性，都使得菰米成为诗人们在描写渔翁（隐逸）生涯时一个受青睐的选择，一种或现实或象征的道具。

前引皮日休诗如此，僧景云《溪叟》诗亦云，"溪翁居处静，溪鸟入门飞。早起钓鱼去，夜深乘月归。露香菰米熟，烟煖荇丝肥。潇洒尘埃外，扁舟一草衣"，记录溪翁一日从朝至暮的活动，然而将之深深地提炼纯化了，因之所展现的，是一种固定的、符合上层文化审美想象的形象与生活。吴融《南迁途中作七首·溪翁》，"饭稻羹菰晓复昏，碧滩声里长诸孙。应嗟独上浔阳客，排比椒浆奠楚魂"，则是贬官荆南途中对渔翁生活实际的体察，以溪翁日复一日饭稻羹菰、子孙成长的贫穷安稳，对应自己凄惶被贬的命运。温庭筠《寄崔先生》，"往年江海别元卿，家近山阳古郡城。莲浦香中离席散，柳堤风里钓船横。星霜荏苒无音信，烟水微茫变姓名。菰黍正肥鱼正美，五侯门下负平生"，忆念昔年在山阳古郡隐居的朋友，在星霜荏苒的别离之后，早已杳无音信，大约已如变换姓名的范蠡一样，隐居于烟波微茫之地了。而此时吴中旧乡，菰黍鲜鱼正美，自己却游于权贵门下，辜负了平生所志。"菰黍正肥鱼正美，五侯门下负平生"用张翰典故——在这里我们再一次看到"菰菜"的物种从原本的土菌滑向菰草、茭白的混淆——诗中"菰黍"连用，当指菰米而非茭白，同时兼具渔翁的元素在其中。温庭筠在另一首过贺知章旧宅的诗中，称任达爱酒的贺知章为"越溪渔客"，其生活也是"鸂鶒莐花随钓艇，蛤蜊菰叶（一作菜）梦横塘"（《秘书省有贺监知章草题诗笔力遒健风尚高远拂尘寻玩因有此作》，一作《过贺监旧宅》）。贺知章最终因病恍惚，上疏玄宗请度为道士，还乡舍本宅为秋风观修道，当后世温庭筠经过他的故居的时候，也用"废砌翳薜荔，枯湖无菰蒲"（《题贺知章故居叠韵作》）这一意象来描写诗人逝去后居所的衰败失落。"菰蒲"成为与诗人飘逸的精神面貌相联系的表征，其内涵有了丰富的所指。

有时候，菰的意象也不仅用在渔翁、高人、隐士这类人物身上，也出现在田家或是其他游离于上层阶级之外的人群的生活中，自带其边缘化色彩。从这一点我们也可以看出，自唐代开始，菰米也逐渐演变为一种普通的、乃至有些象征着简朴或贫穷生活的食物。储光羲《田家杂兴八首》，是其开元、天宝年间隐于终南山时所作，总体并不像后世范成大《四时田园杂兴》那样真正记录农家的生活，而是倾诉其"所愿在优游，州县莫相呼"（其二）怀抱的闲逸诗。其八写一位陶渊明式的隐士，其饮食便是"夏来菰米饭，秋至菊花酒"。柳宗元被贬永州司马以后，与刘禹锡述旧言怀，感时书事，写其在地方的生活，是"俚儿供苦笋，伧父馈酸樝。劝策扶危杖，邀持当酒茶。道流征短褐，禅客会袈裟。香饭春菰米，珍蔬折五茄"（《同刘二十八院长述旧言怀感时书事，奉寄澧州张员外使君五十二韵之作，因其韵增至八十通，赠二君子》）。儿童父老所馈赠的，只是些苦笋、酸樝之物，而往来为友的，则是道士、禅僧之流。扶杖行路，以茶当酒，菰米煮成的饭自然为香，五加叶做成的时蔬亦已称珍了。在仕宦穷途的困苦中，不乏一点戏谑的自我宽慰与调侃。比之稍晚一些的张祜，性格疏狂，一生求取功名与官职未得，晚年家于丹阳，有《所居即事》六首写其诗酒舟楫的隐居生活（"圣朝何用询名姓，从放书生老北窗"，其四《春日寓言》）。其二《溪上小斋》云："日暮空斋对小溪，远村归岸醉如泥。杜鹃花落杜鹃叫，乌臼叶生乌臼啼。野食不妨菰作饭，园蔬何必稻为齑。辛勤最爱孟光意，除却梁鸿无急妻。"菰米饭成为不甚讲求的"野食"，与田园质朴的享受相称，而不如稻饭为美。而更为辛苦的，则是晚唐郑谷的《倦客》："十年五

109

年歧路中，千里万里西复东。匹马愁冲晚村雪，孤舟闷阻
春江风。达士由来知道在，昔贤何必哭途穷。闲烹芦笋炊
菰米，会向源乡作醉翁。"晚唐战乱连年，郑谷自广明元年
（880年）冬黄巢军破长安，为参加科举考试，携家跟随僖
宗入蜀。自此一生四次入蜀，辗转漂泊于巴蜀、荆楚、吴
越等地，作此诗时，已于蜀中漂泊十年左右，早已不堪流
离之苦。在饱尝生活的艰辛之后，面对昏暗的时世，诗人
只能趁闲烹熟芦笋和菰米，向醉中求得片刻的安慰。

　　至宋代，关于菰原有隐逸指向的吟咏寄托仍有保留，
诗人们时或写及，直至明清而绵延不绝。对张翰菰菜这一
典故理解的变化，又使之更加扩大与泛化。北宋刘攽《秋
尽野次》其二："湖水弥天未觉秋，暂辞鞍马寄扁舟。菰蒲
无禁鱼无税，谁似溪翁得自由。""一邑过千室，十金无数
家。鱼虾与菰米，惘怅此生涯。"（《溪上》）刘跂《和定国
湖上》其三："菰蒲深处水藏波，邂逅相忘自啸歌。曳组悬
龟知底用，水边消得一渔蓑。"张耒《文周翰邀至王才元园
饮》，记去一位超然尘外的园主人家饮酒，其居处饮食是
"门前佳木阴，堂后罗众芳。饭客炊雕胡，旨酒来上方"。
王之道《沁园春·和彦时兄》，"纵荻花枫叶，强撩归思，
有莼羹菰饭，归更何忧"，用张翰典故，而使"菰菜"为
菰饭。南宋王质《赠沈文伯·又次韵》："鱼肥不用去熊掌，
酒浊正是胜醍醐。一区春雨熟瓜芋，半溪秋水繁菰蒲。侯

门亦复怜稚子，下状不敢劳长须。吾生一饱足已矣，岂复过意求膏腴。"陆游《烟波即事》十首其五："雕胡炊饭芰荷衣，水退浮萍尚半扉。莫为风波羡平地，人间处处是危机。"《十月三日泛舟湖中作》："小甑炊雕胡，玉食无此美。卧闻水鸟声，世念去如洗。"杨冠卿《秋日自武林病归渔社李使君惠以长篇诵之再四沉疴脱然》："西风趁惊波，兹焉挂帆席。千年辽鹤归，客屦户外积。雕胡饭新炊，云腴饮甘液。杞狗杂苓龟，夜吠更晨吸。荣华风中烟，得丧付儿剧。"刘克庄《赠王月轩用意一韵》："江湖少菰米，京洛足风尘。"蒲寿宬《闲坐海观兴致悠然是时月白如昼》："一笑灵龟尾曳涂，扁舟聊复寄菰蒲。潮生潮落帆来去，云卷云舒山有无。风定若教胥怒息，月明空忆蠡游孤。渔翁不识人间事，白发青蓑酒满壶。"文天祥《旅怀》其一："海陵若也容羁客，剩买菰蒲且寄居。"元陈樵终身不仕，隐居于东阳小东白山，其《山馆》云："石亶峰前绿草肥，菟丝挟雨上梧枝。天台道士投龙去，少白山人相鹤归。苜蓿带茸初映日，雕胡落釜半成糜。石楠花落无人扫，谁卧水阴歌采薇。"明于慎行《夏日村居四十二首》写其"人在渊明记里，家居摩诘图中"（其十七）的村居生活，亦有"春尽新醅绿醑，日高旋煮雕胡。不羡金齑玉脍，休称琬液琼苏"（其二十四）的句子。至清代，菰的这一隐逸意象仍旧常见，除了使用张翰典故以寄外，因菰米在日常饮食中的极大衰落，多以整体性的写景指喻。如钱谦益《王店吊李玄白还泊南湖有感》："落日闪金村破暝，宿云屯絮水生尘。延缘便欲追渔父，芦雨菰烟寄此身。"唐蕴贞《扬州慢·题白石小像》形容姜白石之精神，便是"三十六陂烟雨，更谁怜、一棹菰蒲"。

……

有一天我很想尝尝菰米的滋味，于是上网买了一小袋"加拿大冰湖野米"。其价甚昂，衬得上它如今高贵的身份。虽然之前看过照片，收到时还是吃了一惊：菰米比我想象中要长多了[1]，看起来又实在很美，那样粒粒修长纤细。我先煮菰米饭（毕竟雕胡饭是那样有名），将菰米浸泡一小时后，加四倍水，电饭锅煮一个多小时后，饭差不多刚刚煮好。煮好的菰米饭，表面紫皮微微绽开，薄如奶糖上所裹的糯米衣，露出里面白色的米粒。我盛出一碗来直接吃，盛出的菰米饭粒粒分明，口感很爽脆，有嚼劲，使人觉得枚乘《七发》里的"楚苗之食，安胡之饭，抟之不解，一啜而散"写得很准确，这样粒粒分明的米饭，便是勉强抟成饭团，也确实一放进嘴里就会散开。至此也才方明白古

1　后来我知道北美菰的菰粒比中国的菰粒要长一些，中国菰菰米长度约1厘米左右，北美菰菰米长度在1.5—2厘米左右，见翟成凯、孙桂菊、陆琮明等《中国菰资源及其应用价值的研究》，《资源科学》2000年11月，第23页。

人所说的菰米饭的"滑",并非像冬葵或蕨菜那样会产生黏液的"滑",而是指米饭互不黏腻,蓬松干燥,易于从匙上滑落("滑流匙")的"滑"。这样的米饭吃起来确乎有一点干,于是又拿蜂蜜来拌了一小碗吃,甜甜的也好吃,只是蜂蜜不能放多,否则齁人。第二天又煮了杂粮粥,将大米、小米、荞麦米、菰米、红枣一起煮两小时,煮出来的菰米口感更软,紫皮裂开,向后翻卷,如同蝴蝶,味道也更好一些。罗布·沃尔什的《野中之野》里说野生菰米保护区的自然资源专员韦德尔告诉他,野生菰米和人工栽培的菰米的真正差别其实只在处理方式上,"为出售而栽种的菰米大都烘干至发黑为止。印第安人却说,只有懒人才吃黑菰米。黑掉的菰米比较耐放,但煮的时间比较长,而且永远煮不软"。传统奥吉布瓦人处理菰米的方法,是将采收下来的菰米放在阳光下晒干,然后用锅以文烘至外皮开裂,将菰米放在铺了鹿皮的穴里,再穿着干净的鹿皮靴来踩,使外壳脱落,末了将踩过的菰米在空中翻扬,让风把米皮吹掉。未去内皮的菰米是否真的"永远煮不软"我们不知道,但确实更难煮一些,想起古人不辞辛苦地"精凿"菰米,除去外壳与内皮,大约也是因为那样的菰米煮起来更软、更好吃一些吧。

日本熊野古道纪行及其他

撰文　任宁

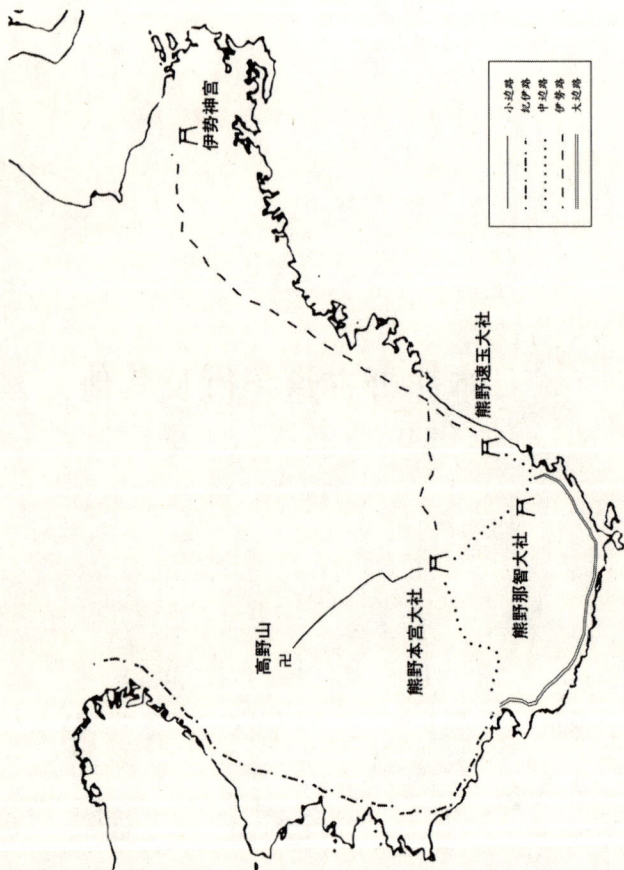

熊野古道简化路线图

2019.10.03

　　长途旅行前总焦虑。有来由，却易过激。计划是否完备，东西有无带齐，工作总没法照安排推进。临时起意备份电脑，进度反复无常。难耐烦躁，跟HCC小姐赌气，她劝我精简钱包，我就减重到只剩一本护照和信用卡。到机场扶额，签证在旧护照上，跳脚折返。路上为放松心绪，跟朋友戏说北大路鲁山人在上海吃了青蛙，觉得味道好，回到日本在伏见稻荷池塘里挖了5只冬眠癞蛤蟆解馋的趣事。大概是蟾酥弄到肉上，他吃几次都是发苦的。

　　哈哈哈哈。可依然心急火燎，满头油汗。

　　幸是没误了机。然而临飞前讨论节目，差点又起急。自叮自嘱，要冷却隔离，切勿责诮他人。但"你还在生气吗"又该怎么答？

　　路上埋头看书，先翻新井一二三《你所不知道的日本名词故事》。这回仅带它伴身解闷，小书有趣，不舍得一下看完，掩卷翻ANA机上杂志《翼の王国》，竟有篇讲安部公房。文内提及《樱花号方舟》（方舟さくら丸），想起学生时代课上听至此节，总觉里面靠排泄物豢养微生物，再以那微生物为食的永动机般的生物不合常理——但若与现今互联网回声室（echo chamber）效应放一道，似能找到些呼应。作者另引安部遗作《鼹鼠日记》（もぐら日记）里"语言就是将组成国家的各个部分连接到一起的黏合剂。而令语言的黏性发生变化的溶剂也同样是语言"，这亦可作为理解一个社会中各成员关系的角度。

胡思乱想中到达大阪。途遇气流颠簸，可怜前座小孩憋了一路，功亏一篑，排队下机时吐了走廊上一摊，引发轻微骚乱。怪来，所有黏滞眉心的压力，在机轮触地的准确一刻，如速溶咖啡遇到热水，旋涡滴溜溜转，无影无踪。待出关闸口看到任天堂做的Switch展览，玩心萌动，便知情绪已经恢复弹性。

因为延误，错过本欲搭乘的电车。谷歌地图情报失准，靠嘴问靠眼看，坐南海快速至难波站转车，但御堂筋线入口因故关闭，雷暴呼啸满眼迷离，好在用滴滴叫到出租车。车停几十米外，走去路上，看到白人男孩扶着金发女孩在屋檐下走。女孩颓然深醉，手握粉色气球。气球忽被刮跑，在风里贴地滚动蛇行，惹她如稚童般哭喊。另一个男孩奋力去追，转弯时重重滑跤，肱二头肌侧面与地砖相撞，疾风斜雨里响得清脆。三人相搀，怔怔目送气球向御堂筋线入口逃远。才对无数乘客说过"关了！关了！"的中年保安，见气球公然进站，却低首缄默。

到住处，睡不着，看画册。上村松园和竹久梦二画女人，一个画得心明，一个画得眼亮。非常期待明天的旅程。

2019.10.04

晨起即步行往新大阪站。在阪大时满城漫游，如此枢纽应当来过，可惜，或可喜，当年回忆如功毕的坛城（mandala），已圆满得消失无迹，"人生若只如初见"。于车站购铁道便当两份并柿叶寿司四枚作二人午餐，乘11:15的"黑潮号"（くろしお）列车往纪伊田边。途中小憩醒来，见正午太阳直射，万点波光闪烁无垠，冲浪者浮没于间如林鸟绕树，时隐时现，光看便令人愉快。

续由纪伊田边坐巴士往泷尻王子。"王子"者，熊野古道沿路极多，实非皇亲贵胄，不啻小神社或驿站而已。发车前有闲时，访"斗鸡神社"。据传其有1600载历史，又见神殿门口贴奉祝令和天皇即位的白帜。古与新，难分难解，光看便令人遐思。

《平家物语》道，熊野别当（即地方官）湛增曾于此以斗鸡进行占卜，红白两色连战七回皆是白胜，遂以水军相助源氏。其实湛增之子武僧弁庆早在源义经阵中，亲疏已判。神前斗鸡，疑似只是为求正当性之表演。而神社竟以僧人事迹得名，颇具日本宗教杂糅特色。1868年明治政权初立，亟需建立天皇权威，于是削弱服务德川的佛教，借神道教构建天皇来历，清除神社中原本"神佛混淆"的乱象。社内弁庆与湛增二僧铜像双双眉峰紧锁，人前并塑两鸡激斗，何虚何实，光看便令人为难。

午后3点半至泷尻王子。今日目标4公里，本料是小意思，岂知坡陡山斜极费体力且不论，半小时即误入歧途，乃至于密林中迷路。HCC小姐慌怕间敲起退堂鼓欲"知返"，起初如拉威尔《波莱罗舞曲》（"Boléro"）开头军鼓部分般蚊蚋小声，后来则响过皇后乐队的"We Will Rock You"。我坚持往山顶去寻，终得重回正轨。我说，越难的情况，我越有斗志。她嗔，跟谁斗？我说，跟自己的恐惧、懦弱、畏缩和肉体疲乏相持，要不落下风。她不响。终到住处，6点钟，将暗未暗，峰谷间紫霞弥漫，群鸟齐鸣，有声有色，光看便令人肚饥。

饭后她说，还好没放弃，走下来了。入浴、录播客，语及植田正治。有些录音时未提及的点：一则，他在《小

跟自己的恐惧、懦弱、
畏缩和肉体疲乏相持，
要不落下风。
／
任宁

传记》里写，"'二战'结束后，整个日本社会写实主义大潮滚滚而来。绝对要抓拍，绝对不能摆拍的理念，风靡一时。这股风潮，让我产生了自虐与失望的情绪，即这个时代没有足够的价值，让我按下快门。"——他该料不到现在流行对镜自拍，技术上根本不存在进行"决定性瞬间"抓拍的意义。二则，植田照片好多正方形构图，因为30年代哈苏相机用正方形胶片，80年代回温过，到Instagram的时代重新受人追捧。这是另一种"还好没放弃"？误打误撞，先知先觉，光看，是看不出来的。

2019.10.05

七时半用早饭，外界仅十几度，清冷得像没有毛衣出不了门。八时半左右，晴光热力作用下，短裤短袖便很舒适。上午跋涉九公里不到。虽有昨日经验打底，抵达午餐地点仍比计划迟。宣侠父《西北从军记》里说甘肃国民军受吴佩孚攻打，刘郁芬组织手枪团去增援，每个士兵身背64斤装备，24小时内急行军120公里。真是神乎其技。

路上边走边跟HCC小姐聊到"不含糊"。这个词意思本身倒有点含糊，可说高明，可说质量过硬，可说讲究，也可说干净利落。昨夜住民宿"すずしろ"林间木屋，设施齐备，漂亮整洁而无刻意感，一宿二泊包含的夕朝两餐，内容和器具都选得精细，服务也体贴利落，勾勒得不多不少——或许"恰如其分"很接近我想描述的那种"不含糊"感。

作为例子，跟她复述王敦煌《吃主儿二编》里讲的打枣故事。王敦煌是王世襄之子，见过世面，眼高心细。他写："每年这个时候，都事先登着个梯子，架在树上，摘下一口袋枣儿……把梯子靠在与我们院相隔的那堵墙上，上个三阶两阶的，不能上高了，以头部刚越过墙头为度，和我们院里打招呼，叫出人来，把那口袋枣递过来，讲明了今年又该打枣了，又要打扰了。而后才能移师我们院，去办这档子事儿。打的时候尽量站在墙头上，不踩我们家房，打完了还得把院子扫干净了，把该撮出去的撮出去，别再添更多的麻烦。不止是我们这家邻居，谁家遇见这样的事儿，都是这么解决。"

这日常流仪就是"不含糊"。可惜现在少。希望以后多。

过比曾原王子，遇日本猕猴一群，脸盘酡红，大小都有，在树上腾转跳跃。幼猴负在大猴背上，或呆睡或俯小红脸瞧我们。跟踞坐枝间的大猴对视片刻，它不时冲人唤一声，像"呜喂！"似的。小时在杭州动物园看过猴山，只记得它们打架嘶吼咋呼，不想天然状态下叫声竟颇温柔好听，让人想到"呦呦鹿鸣"之类的词。我自然想起"两岸猿声啼不住"，当初入李太白耳的可是如此？但可惜轻舟没有，这重重山岭横亘在前，还要靠双脚步步走出去——除非屏不牢去坐车。

今日目标15公里，由高原至继樱王子，途经近露王子，于牛马童子附近休息站午餐。餐后访熊野古道中边路美术馆，是SANAA建筑事务所（妹岛和世及西泽立卫）早期作品，在日置川边，北野桥旁，今日未开。绕馆窥视一周，在草坪长椅里歇5分钟，面向卵石滩眯起眼看闲人野钓。午后日光逆射，一丝鱼线亮晶晶，在微风里摆扭得像活了。这碗闭门羹也算吃得挺落胃的了。

2019.10.06

刚在"蒼空げすとはうす"房间里强打精神录完今日份播客，总结的关键词：失控。

去年访过倪梁的无像工作室，买了本尾仲浩二摄影集 *Slow Boat*。后来看林叶曾写过文章，部分是对尾仲的访谈。这个满日本拍照的森山大道弟子说，"尽可能不要事先掌握当地的信息，选择以前从来没去过的地方，然后就晃荡过去……到了那个地方，像一个迷路的孩子一般地在一座一无所知的城镇里晃荡，这种感觉我觉得是非常重要的"。听来也颇"失控"，但看他作品，都是穿街走巷，尚在文明地带，随时有后备选项。此"失控"乃是种安全边界内的刺激游戏，譬如骑自行车双放手大撒把，或者和陌生人一夜情。

至少他不必面对在大雨淋漓、远离市镇的陡峭山林中进退维谷的可能性。我们前两日走的是熊野古道的"中边路"段，难度系数最小。明起挑战更艰巨的"小边路"，第一个任务便是翻过海拔超1100米的果无峠（起始点海拔约100米）。昨夜跟Guesthouse MUI老板提及，他眼睛瞪得比两只宠物山羊（分别名为"はる"和"レイン"，对应中文"春"和"雨"）还大，笑称走小边路要技术高超，能攀岩才行。我脑海里浮现出《徒手攀岩》（Free Solo）里亚历克斯·霍诺德（Alexander Honnold）爬伊尔酋长岩（El Capitan）的场景，稍稍脚软心虚。可转念一想，纪伊山地自古号称"蚁の熊野参り"，意思是道上人满为患，像蚂蚁般密匝。莫非这些信徒都惯使梯云纵或壁虎游墙功？

或许是不服输给古人，外加"来都来了"的小气计算，让我难舍一试的想法。HCC小姐查过天气，明日降雨概率20%—30%——湿滑会令"艰巨"变身"危险"。如登至半途逢雨，则须面对或冒险继续，或耗时等雨停，而至于天黑前无法出山（这同样危险）的尴尬境地。可若坐巴士去十津川村，一个钟头即达，浪费剩下大半天。况且，二三成下雨……万一不下，岂非令人懊悔——但任谁都无法掌控。

这还不算早起赶车忘记登山杖，白白徒步5公里（含两公里陡坡）返民宿去取；不算把伴身好久的保温杯给落在某处（大概在巴士上，急着下车去取登山杖）；不算HCC小姐误以为丢了护照，吓出满头汗，所幸是虚惊一场；不算低估日本社会的现金依赖度，日元不足；不算错过民宿洗衣机使用时间，只好靠手搓掉了两天攒的内外上下两套，晾得满屋……

行程尚未过半，但已可下定论：这是我经历过肉体最疲乏、精神最慌张的旅行，虽有准备欠足之处，但因其本质而天然有失控倾向。这惨痛过程或许便是目的——日本山伏修验（在山中徒步、修行）讲求用煎熬自身肉体来提纯精神。以前觉得这有点叔本华般苦哈哈的好笑，现在笑不出来了。

2019.10.07

清晨决定：不乘车，用脚走。

所幸其实今日15公里大部分路段都可靠意志与体力征服，无非坡度大些。正午登顶，一时左右开始降中雨，山间四垂白雾流溢。近百分百的相对湿度和罩着不透气的雨衣极度憋闷，待走到山下十津川温泉乡，云开雨霁，除掉束缚漫步路上的利落畅快，让人精神倍爽。

回想全程，还属傍晚的下坡最为艰难。这段陡峭崎岖，全为西瓜大小的青石块铺就。不知是原本如此，还是受代代朝圣者鞋底研磨，石块们举无棱角，表面薄薄一层浮苔，略加润湿即滑溜如冰。大意跌跤后我异常谨慎，身形佝偻，重心降低，几乎要发明狗爬式下山法，口里嘀咕抱怨，膝盖酸痛灼热。临到末尾，山径变为平行的两段。一段仍是令人生畏的石块古道，苔藓密厚，间隙里蕨叶青翠欲流，显是无人问津已久。旁边另一段是小孩都可走的土木阶梯，似乎是近年挖去半条石道替换修筑而成。我如遇大赦，毫不犹豫转到新路。

于是想到，戴维·乔治·哈斯凯尔（David George Haskell）的《看不见的森林》曾破除过我一个迷思——"教科书上把它们写成从早期时代坚守至今的原始生物，如今已被蕨类和显花植物等更高等的类型取代了。这种将苔藓视为演化残余物的观念，从好几个方面来说都是不对的……但是化石证据不足，表明情况正好相反。不仅如此，最早期原始陆生植物的化石，与现代苔藓排列精致的小叶和精巧复杂的果柄，鲜有相似之处"。

也就是说，苔藓并非"原始"或"落后"，只是演化走向与现代植物不同。对于因滑倒蹭掉小腿肚一块油皮而恼怒的我而言，石块路就跟依附于上的苔藓一样是"演化残余物"，最好赶紧整体升级迭代。但再稍想便能明白，留下半条石道显然更妥当。北大路鲁山人在百年前就认为温室反季节蔬菜"具有时令蔬菜所不具有的某种风味"和"不能轻易指三道四"，有人引为"开放式心态"的例子。但有时接受新东西要比容忍旧东西简单。例如现在的日式"寡淡"审美，其实来源于室町末期足利氏对北宗山水画的钟爱，上行下效，迅速推广。

今夜宿"ゑびす荘"，许是淡季缘故，整家旅馆只我们两位客人，可随便泡汤。晚餐前泡楼顶露天风吕，闲聊观日落。餐后饮完茶又泡一回，过足汤瘾，疲累沿舒展四肢溶解进温泉里。晚餐主菜是初尝的热腾腾鸭胸肉锅物，又头次吃到新鲜"金時草"（中文叫"红凤菜"），浴后饮久违的冰可尔必思一瓶。外间照例降温至20度以下，但乍寒还暖时候，挺好将息。

2019.10.08

上月新闻，"日本沙县食坊"在东京开业。看照片，店头横幅"中国的超大人气小吃"里"小吃"用的还是"B级グルメ"这个"B级片"和法文gourmet杂交的词，直译就是"B级美食"。这几天断续读新井一二三，才知它是文艺春秋出版社编辑里见真三的发明。新井写，"既然说'B级'价钱就非便宜不可，同时也需要有'上不了台面'而引以为荣的感觉。再说，跟'B级片'一样，叫少数人偏爱不已，或者感到无限乡愁才行。总而言之，'B级美味'的语感有点像指美国黑人菜的'灵魂料理'（soul food）"。

鼎鼎大名的"灵魂料理"，我在旧金山和新奥尔良时试过两次。油炸鸡腿翅块，高脂高蛋白香喷喷，诱惑人口水本能分泌。但"灵魂料理"跟西瓜一样（在新奥尔良法国区酒吧听到"Watermelon Man"）背负太多钝重的政治意涵，去年得奥斯卡最佳影片的《绿皮书》里就有相关桥段，张大卫（David Chang）在美食纪录片《美食不美》（*Ugly Delicious*）中也深入探讨过。而"小吃"则轻松写意得多。若论沙县是福建人的"灵魂料理"发源地，大概有点过头，但"B级"之说倒蛮有意思。

眼下这趟旅行，于我和HCC小姐也是类似"B级趣味"的状态。傍晚缓行下山路，看到附近小学立的标语"请保持熊野古道的整洁美丽哟"，想起小时看《哆啦A梦》，有集讲野比大雄出于孤独，用某道具竟让学校后山成了他的朋友。他为后山打扫拾掇，后山给他吃食、眠床和保护，由他任性捣蛋，这分明也是大雄的"B级趣味"——"B级趣味"者，疑点明显甚至堪称荒唐，充满不足向他者道的隐癖，难登大雅之堂也不入寻常主流，"闻起来臭、吃起来香"也。

熊野古道这种每夜可以在软暖被窝入睡、吃到不重样的丰盛料理甚至泡温泉的线路，在登山行家眼中想必毫无意思。而在度假休闲爱好者看来，我俩纯属花钱买罪受，有车不坐非要走得累死累活。——但我依然有"'上不了台面'而引以为荣"的"B级愉悦"。林文月在《京都一年》里描述祇园祭用人力推动沉重花车，游行转弯的场景写得颇生动，但让人最在意的是特地舍他法而采用人力这个决定背后的缘由。这在我看来也是"B级趣味"的一种。

今日继续小边路，徒步15公里，耗费六小时，似乎已稍稍摸着门道，身体心理都为接下来两天在难度和长度上的挑战做好准备。午后五时许抵三浦口"民宿山本"。昨晚"ゑびす荘"用温泉水泡咖啡及煮饭，有丝淡淡矿物咸味，颇奇异。今夜晚饭用米是民宿自家种植，该是新收的秋稻，香糯无比，下饭菜吃完了就拌上汤汁，连落五碗，肚胀腹满至做拉伸臀小肌动作时微微胃痛，不亦快哉。

2019.10.09

行前读蒋方舟《东京一年》，她引过博尔赫斯一句话：

"我们有两种看时间大河的方式，一种是看它从过去穿行过我们，流向未来；另一种是看它迎面而来，从未来而来，越过我们，消失于过去。"

今日道上某些事物景色闭眼即现。

比如吉村家遗迹附近一块石碑："君姓吉村名藤光，十津川村三浦人，父曰乙一郎，母浦氏，为人沉勇寡言。大正六年十二月一日征入步兵第五十三联队，明年为一等卒。八年四月十四日编入北满派遣队，到于大连转入浦潮派遣队。寻到哈尔滨，无几罹疫，遂不起，年仅廿三……"后面一排防风老杉，上部枝干直挺，根底拥挤虬曲，数百年黏连融合下来已你我难分，几处内部朽空化泥，树里又长出别的树。

比如路边神龛中一尊空海小石像，结跏趺坐，闭眼微笑，头身圆润饱满得近乎顽皮，旁边小石柱书"奉献弘法大师"，净瓶里供青枝几条，另有供品来自各地：荷兰小瓷鞋和彩绘贝壳，硬币赛钱有日元、欧元、港币以及印度卢比，新旧不一，有些上面图案已漫漶不清。我们将背包里行李减到最低程度，只摸出一粒联邦走马的布劳提根《避孕药与春山矿难》诗集胶囊，供上《你的鲶鱼朋友》一首："如果我注定像一条鲶鱼/在池底/度过一生/骨瘦如柴，还有很多腮须/如果你在某个夜晚/来到池边/当月光照亮/我黑暗的家/你站在那儿，在爱情的/边缘/心里想：'这池塘/真美。我多希望/有谁爱过我.'……"

　　比如"萱小屋"，熊野三山与高野山必经之途上的古早茶室遗存，三十多年前还有人住，现在变成造福登山客的方便设施，可过夜休整，亦有炉子可取暖造饭，木柴都劈好备齐。门口牌子上书，这是私人地块私人房产，拿出来作免费公用，请爱护珍惜。HCC小姐在小屋窗边留下几枚速溶咖啡，留下字条请有缘人饮用，也有点共行善举的开心。

　　或者用耳朵和舌头感受——比如听到酒店房间正对的悬泉小泷一练，夜里人少月淡，水声兀自不停。想起晚餐吃的"皋月鳟"（アマゴ）便捕自这瀑布下奔流的野迫川。随手一查，这类鱼原是海产，小股游入内河，多少世纪后日子久了再也回不去，于是有了"河川残留型"，亦称"陆封型"，化身了淡水鱼，又变作我季节会席上以刺身、盐烤和南蛮渍做的料理。

　　两种看时间大河的方式，其实是"和"而非"或"的关系。

　　今日徒步路长，坡多且陡，体力殆尽。泡温泉两回，恢复八成。山阴处冷气凛凛，在林间竟没怎么出汗，倒是在浴室里出了不少。

2019.10.10

临到下山还迷路，不安且不自觉地踏入终点。小径由高耸冷寂的杉树林甫一转出，就被高野山371国道上人流熙攘的景区气氛淹没。住处门石上阴刻正楷"不动院"，下行还有细丽的英文花体"Fudouin"，像个度假村。街上白人比例甚至高过东京，到处讲英文。

入房间，尝过茶点"みろく石"，卧榻榻米上（这趟没睡过床）做每日惯例的拉伸，有些恍惚和惆怅。腿脚肌群里还饱含今日20多公里起伏山路折磨出的酸胀，但心里知道，明天就不必走了。

想起黄丽群写过漫游的状态："……在这样的真空中，身心既不沾连在原生的根系，又从当下的脉络脱滑开去，一枚掉出来的齿轮，此地无处嵌合，也没有为人制造焦点的各种移动……真正的无意义。这多半也只有在旅行事件中能够偶然构成。"

"真空"这词挑得妙，抽离而绝对，科学和工业界用得多，其实它也有哲学意涵——什么是什么都没有？例如笛卡尔说出"我思故我在"（Cogito, ergo sum），就是启蒙时代对神创一切的抵抗。人若开始对"思考中的我"之存在有所怀疑，他便已在思考。于是"思考中的我"在神权巨木上蛀出一个小而硬的真空。无论神祇是否同意或喜欢，它的抽离都绝对存在，无须系统授权或官方解释作为前提。

这百余公里跋涉，于我就是日常里的真空。比如日式庭院，开始是生产性的（房前晒谷场），后来是宗教性的（白癜风路子工为苏我马子造须弥山），最终化作审美性趣味，逐渐真空，也逐渐趋近实质。我非信徒，这参拜道路的灵性一面与己无关，但"朝圣"也是用实际层面的无意义来抵抗功利算计，钻出一眼儿飞遁离俗的井，独立于大江大川，井水渗入未来可见不可见的角落，每有需要，随时可将当下链接至山路上某个细微瞬间。

下午有段路与HCC小姐并肩走，谈及"修行"，当时说是用痛苦换进步。现在想想，也是用真空换实质，用抽离换绝对。这趟盼望带回并最终幸运收获的，便正如止庵在《游日记》末尾所写："将近一千三百年前，经历四次失败的鉴真和尚第五次东渡日本，他在海上漂泊了十四天后最终到达的却是海南岛。如今我们出门未免太便捷也太常规了，是以从中获得的只能是一点平凡的乐趣。这里我所留意的，多半是我们的生活与环境中已经失去抑或还不曾拥有的东西，真实，微妙，无关宏旨。"

寺院晚饭，当然是"精进料理"（所用筷子兼具除厄法器功效，名曰"延命箸"）。满桌菜里有道我跟HCC小姐都喜欢。小碗油豆腐清汤里煮进去一薄片柚子，入口微苦，但回味久甘。

2019.10.11

六点一刻即起参观早课。日本佛教上香与中国不同，先跪坐鞠躬，合十礼拜，然后捏小撮香粉轻触额头，加到燃着的香堆上，再合十礼拜，鞠躬起身，流程颇对称。礼堂内点白蜡烛数枝，木造建筑内用明火，犯消防大忌，后看坛上伽蓝之根本大塔介绍，这里曾被烧毁五次，果然如此。

素斋早餐毕，补回笼觉十分钟，访有20万座墓碑和历代天皇陵的奥之院，沿参道依家徽辨认战国武将纳骨处。丰臣秀吉、伊达政宗、武田信玄、织田信长都找到，错过上杉谦信和明智光秀。十时半，偶遇给弘法大师送膳之生身供仪式。二僧抬大木箱，一僧引路至神坛前，面目严肃盛饭舀汤。这事情他们已连做1200年，据说因相信空海未"死"，只是长久于御庙地下石室内入定，还需凡人餐食不断供养。

昨晚于不动院资料室信手翻阅，睡前略读高野山历史，想到武者小路实笃。他于1919年底购买田地建立首个"新村"，企望实现共产互助，但不认同当时日本左翼。他要的，用《周作人的新村破梦》一书里的讲法，是"前文明的农耕等级及宗法专制社会单边片面、唯我独尊、无限膨胀、自我神化以至于救苦救难、普度众生的超人价值"。这是个制造权威的方便法门，所以后来冯玉祥想效仿这法子用在部队管理上。美国反文化运动中亦曾出现不少类似的乌托邦集落，劳伦·格罗夫的小说《世外桃源》（Arcadia）还用天真的孩童视角翻检过这里面的浪漫和荒唐。

空海的生平演变成异于常识的英雄叙事，除他经历太过独特，更是因为佛教自入日本起，便带着"镇护国家"的权力色彩。金刚峰寺随处可见的丰臣家"五七之桐"徽记便是一证。从圣德太子《十七条宪法》开始，政权就希望拉拢佛教翼赞王法。之后大化革新，延及奈良、平安至幕府时期重大变革，都可见僧侣身影。空海跟嵯峨天皇要高野山，融合唐佛倭人，效仿五台山创立道场，若换个角度说，也是一种"新村"式社会实验的尝试。空海最终被神化，也就不足为奇。

第19号台风"海贝思"（Hagibis）明日来袭，号称六十一年来最强。昨夜得知东京成田羽田两个空港起落航班全停，预计14日方得返沪。午后乘南海缆车下高野山，复搭15:18南海电车"樱花号"至桥本，同站转车至南海难波站，再转大阪都营地下铁御堂筋线，至本町站下车去创业二百五十多年的"美々卯"（みみう）本店尝乌冬火锅（うどんすき）。凭空多滞留大阪两日，不知作甚才好，先吃点东西压压惊。

2019.10.12

台风过去的午夜只偶尔遥遥传来电车声和站台上的电子鸟叫。老宅阁楼，临街开窗，凉意柔柔浮游入室。此屋大正二年（1913）建，翻修过，多数地方藏得住旧，仅有些细节稍显年纪。大阪市内木造建筑多毁于轰炸，它是空袭幸存者之一。

午前十时冒雨出门，经新大阪站买花一小束。在难波站内遇人号召献血，许是为救灾之故，举的牌子上写缺A型和O型。我是A型，只遗憾外国旅行者无法参与。

"献血"，日语读音"けんけつ"，汉字写法与中文无异，占据同样ASCII码位。早几年与国内地级市中心血站打交道，提过"献血"的说法问题。英文叫blood donation，直译是"捐血"。这符合公益慈善的逻辑和思维：人无，我有且余裕，愿意分享，不计回报，优势相援弱势，是为"捐"。然而"献"属自下而上的、带讨好的低姿态，多半有所求。"捐"和"献"，都为满足受方，但个中动机显然不同，否则政治家也无须拼命强调所收乃捐款而非献金了。

Airbnb上的房东木村仁穂女士，看起来比我们大两辈，满头银发（但网站头像是《灼眼的夏娜》里夏娜一般的红发），自叙青年时代也是背包客，跑过48个国家。昨日与她说了被台风"挽留"的情况。她得知我们一周多的古道跋涉，连夸厉害，并主动邀我们去她那儿度过这临时增加的大阪两夜，不收钱。她有三处物业分别以岁寒三友命名，我们抵日首晚是"松"，昨日是"梅"，今天住进"竹"的阁楼客房内。

十一时到"竹"，如探访一位不认识的朋友。寒暄毕，赠花答谢。木村女士端上现煮乌冬面两碗当早午餐，还问替换衣服够否，她可以帮忙用洗衣机洗。我俩真是受宠若惊。"竹"在 Airbnb 上显示无法预订，不如直接付现金——我想了一路"否则实在不好意思"日语怎么讲——她坚辞，说她年轻时各地漂泊常受人之助，视收留我俩如回报传递此番善意。这样的理由和派头，让什么要给钱之类的话再难出口。

午后雨渐弱，逛Mont-bell（モンベル）店铺，是登山家辰野勇创立的户外装备品牌。HCC小姐购入薄羽绒外套和单肩防水小包一个，我买轻质异形雨伞一把，三物均为黑色。Mont-bell的口号是"Function is Beauty"（机能即美），干冷得让我想到它的反面，都筑响一在《东京风格》里所谓的"beauty in the chaos"（乱中有美），说他那些如热带雨林般空间爆满的照片中诸多狂野放浪皆是无序中的有序。此刻坐在陌生人捐给的房内，抬头望天花板上密匝木纹，仿佛仰视一张等高线藏宝图，忽然感到时间地理性格阶级等等际遇交错里，总有某种必然性可径直穿过的通路存在。

2019.10.13

昨晚正敲着键盘，一头三花猫夜游上阁楼，轻轻嗷呜嘟哝，吵醒HCC小姐，又四处拱头蹭面，翘竖尾巴梭巡一圈，在楼梯口看我一眼，走了。今夜换了屋子，又有白橘斑点猫来讨食，倒也守规矩，不进屋，只在门口注视，偶尔叫唤。我想随手糊弄，给正吃着的豌豆薯片。它闻闻，不要，退回门口坐好，倒几滴冰箱里的鲣鱼汁在上面增加腥味也骗不过去。只好披衣走去便利店买回牛乳，猫却不见了，或许是出于失望。

不提也罢。

今日晴朗，午前自岸里玉出坐南海线到难波，转都营地下铁大阪环行线至天王寺，蹚过天王寺公园去大阪市立美术馆观"佛像 中国·日本"特展。漂亮物件不少，其中一尊唐代木造圣僧坐像，面显老态，双手拿柄如意，鼻梁挺眼窝深，像是西域人。有座南宋木造观音坐像最入我心，嘴角含笑，坐相松斜，一腿垂下一腿屈膝，右臂搁右膝盖上，头戴高冠，目光柔和，自信却无胜券在握的咄咄逼人。另见到唇边画胡髭的"杨贵妃观音"和实为天主教圣母的"玛丽亚观音"，都有趣。二楼展厅有狩野屏风和若干书画可看，寒林钟馗蛤蟆仙人美女倚熏笼，匆匆一瞥，去买了昭和五十三年创业、吉野天川名产"柿千"柿叶寿司便当（有鲭、鲑和秋刀鱼三种类），坐在阳光下野餐。柿叶寿司上周吃过，这形式让人想到粽子或荷叶鸡。此前倒不知柿叶亦带些许清香。

这两天觉出，在城市比山里累得快。野地里走路，专心致志，身体受苦，但繁华热闹里不知不觉要接受、处理和存储大量信息，极易疲倦，扭头闭眼又总不甘心。比如昨日去旭屋书店（Namba City），见有一区专为铁道爱好者而设，各种出版物与实物藏品之全面深入，令人叹为观止，但信息量未免太过丰富，让人迅速腰酸目乏，耗尽电量。

午后搭JR大和路线到梅田出站，逛纪伊国屋书店、阪急旧书街（有店八间，其一名为"梁山泊"）、丸善淳久堂书店（建筑由安藤忠雄设计，面积与藏书量日本第一）和关西大学楼底星巴克咖啡与茑屋书店的综合体，每家都在最佳位置摆了又吉直树的新书《人间》。又吉是知名漫才二人组ピース一员，是八十年里唯一获芥川奖的艺人，也是大阪出身。主场作战，果然备受瞩目。

在旧书街瞧上本带书函的精装《桜画报·激动の千二百五十日—赤瀬川原平资本主義共和国》，品相和价格皆好，但开本过大，装不进登山包。又及：夜归，见木村女士替我们洗好衣服叠放整齐。如此受人照顾，脸都要红了。

2019.10.14

这一路，日日起早，民宿主人送到门口，鞠躬告辞。徒步至黄昏，精疲力竭，所幸总有笑脸灯下相迎。待到房间把行李倒腾出来，又是一夜的一期一会。于另一天的另一处，另一位主人接力般延续着职业化的热情。

是以想到在高野山奥之院遇着的市川团十郎墓地。这不是一个人，是江户初期歌舞伎世家的头衔，历代座主袭名市川团十郎，迄今第13代。第13代目登台，仿佛前12代名角跨越时间，全部附身于一，以高超技术协力扮演一个300岁的角色且唱且跳。坂东玉三郎、野村万斋，也是如此。——我所想的是，头衔可以世袭，但要世袭热情，是多么困难的事。而对于没有世袭职业的平凡男女，恐怕更难的是找到寄托热情的方向。

赵振江翻译过路易斯·塞尔努达（Luis Cernuda）的《我只想独自在南方》，有这样一段：

> 我愿混迹在如此遥远的南方
> 那里的雨水如同玫瑰含苞待放；
> 它的雾霭本身就在欢笑，微风中白色的欢笑。
> 同样美丽：无论是它的黑暗还是它的阳光。

中学时听达达乐队的《南方》，深觉感动，但那混杂着我即将离家的乡愁，也源于一个少年对"绍兴人"身份认同的摸索，与王安忆《成长初始革命年》开头的华舍寻根部分有类似，均是伶仃个体希望接入某种宏大叙事的祈愿。西班牙内战，天主教对阵布尔什维克，热血沸腾的国际纵队拍马赶到。可塞尔努达一个生长于斯的人却选择掉头流亡，置身集体之外。奥克塔维奥·帕斯（Octavio Paz）这样评价他的诗："我会说他不是一个为所有人说话的诗人，而是为我们每个人作为个体的存在而说话。"——塞尔努达是疏离的理想主义。他的"南方"，则是人独处时闭眼会浮现的那条精神地平线。

而照亮地平线的，毋宁说便是热情。当下多数幸运儿无须直面烽火，但技术创见给文化与社会的割裂错位（天性、欲望和意识形态层面），使"绍兴人"之类前现代概念即将超过赏味期限。时代精神出走的启程汽笛早已响过，只待我们用虚构去点燃热情并创造现实。热情何来？褒贬不论，恐怕与直朴的"不含糊"部分相关，亦有些草蛇灰线般伏延于原被认定是"演化残余物"的东西里。

与木村女士共进早餐后返沪。连票难买，故各自行动，在关西机场安检口拥抱分别（虽知马上又见）。我乘东方航空MU516航班，阴雨中于15:34抵达浦东第一航站楼，等她时写这篇游记。HCC小姐乘春秋航空9C9000航班，已于18:02抵达浦东第二航站楼，还未出关。

出去透气，见路上往来的车浑身干燥。雨停了。非常期待明天的旅程。[1]

1　关于这趟旅行的更多内容也可以收听播客《迟早更新》第118期。

十 影像

L

Undercurrent

暗流

摄影、撰文 / L

我在2018年第一次新加坡峰会期间访问了朝鲜。在这次和接下来的几次旅行里,我走访了多地:从首都平壤到韩朝边境的金刚山,从工业中心清津到沿海城市元山,从经济特区罗先到农业中心沙里院。

我想在一个平行时间线上展示正统话语权之外的朝鲜生活,在宏观叙事中关注人与人之间的联系。外界媒体给朝鲜人民和他们的生活加入了太多的神秘和先入之见。这个项目关注的是普通朝鲜人民的生活,以及朝鲜半岛乃至世界变化背后的潜流。

元山

2018

感兴 2018

2018

定平

平頂
2019

金刚山

豆瀬江

2019

2018

靜止

临汾   2018

元山

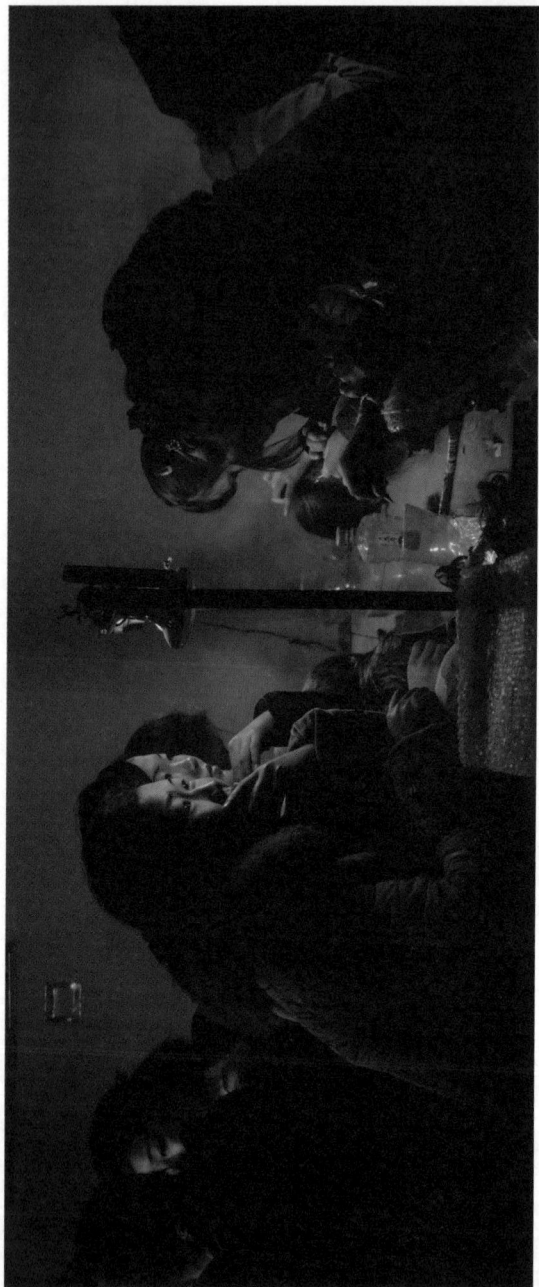

天津

罗先

平镶

2019

沙里院

2019

香港

平樂

平壌　　　2019

III 诗 歌

169 峡河岸上（组诗六首）

陈年喜

On the Banks of the River Xia (Six Poems)

峡河岸上（组诗六首）

撰诗　陈年喜

雨中登五峰山

一座盛名太久的山
约等于寂寂无名
远看　五峰高耸
及近了　却波澜不惊
自然的法则　也是
所有人类的法则

无人踩踏的台阶青苔消失
落叶成为一座空山的主人
它引领我们走向山顶
也仅仅是引向山顶而已
余下的　交给了风
风把我们引向更高的高处

无人知道为何山分五峰
被岑寂滋养的山竹已失去竹性
它冲冠一怒为了谁
松下的人　睡在乱石岗里
碑石因寂寞而自毁
逝者的悲欣由松涛传远

小雨整天滴沥不息

让山雾沉重　也让石碑露出秘密

天启年　五峰山不叫五峰山

五峰寺还是半亩岑寂

斯后的身与名　不过是一个游方者的多事意气

惟有红嘴雀的聒噪依旧聒耳

惟有天空还延续着晚明的深蓝

风把我们引向更高的高处。
/
陈年喜

晒太阳的人

晒太阳的人已被太阳晒老

他们抽着烟　彼此闲语

说生前的事　也说死后的事

他们说着世上的事

归根到底　都是人的事

沿着村路　小排量的公交车

缓缓驶来　又驶向更深的深山

有人坐没人坐　那是年轻人的事

太阳洒在枯叶上　枯叶盖在山坡上

一只黑狗卧在路边

村庄在它的瞳孔里起伏

骑在树上的人　和埋在树下的人

是同一个人　他们打下的柴

让冬天更寒冷　他们扎出的扫帚

正帮别人扫尽门前的雪

除了让村子更安静一些

整个冬天没有其他更重要的事情

对面山上有人唱歌
歌声在风里抽出杨柳
他们听到的和看到的
也是每个人终要看到听到的
峡河来自他们无数次登临的高山
它一闪而逝　比下午更短暂

桃树

桃树还在
只是它再不会开花
树下的积叶　有几片依旧新鲜
这是我栽下的桃树中的一棵
死亡曾路过的1997年

桃的美鲜　成为今天的有形怀望
粉色花香　消弭过峡河的流水
朝南的小路通向昨日
宝封来的说书人在磨坊边击弦高唱
朝北的大路通往省城
官家的消息在树下换马
化为小道传说

今春　多雪也多雨
树木之外　整个国家都是战场
有人鞠躬尽瘁　有人死而后已
有人道尽无良谎言
人类之善堪比桃花
人类之恶也是

而人类共同的属性　比桃枝易折
唯有峡河不舍昼夜　这是两岸人烟
　　　　　　　　共同的列车
可这些年　我们早已忘记来处

　　　　　五峰山上的松涛
　　　　　是另一种流浪
　　　没有谁知道　松为谁而鸣
　就像没有人知道　桃为谁而死
　　　　　因为桃　有了春天
　　　　因为没有桃　春风依旧
此刻　我与儿子走在黄昏的路上
　　　　　青春让暮色更加凛冽

放蜂人

放蜂的人来了
他们带来大口小口的箱子
小口箱子是蜜蜂的房子
那口最大的　撑开来是人的房子
供烧制一日三餐
也盛装一家三口疲惫的夜晚

没有人知道他们从哪里
也没有人知道下一个季节
他们又去了哪里
空荡荡的河滩上　放蜂人
弓着腰　打开一口箱子
像推开一扇庙门

我常常在峡河边久坐
长长地看着他们忙碌
有时羞愧　有时又骄傲
想起我长长的半生
我找不到放蜂和挖矿
有什么本质不同

起风了

蜜蜂们更加忙乱

它们忙乱地出去　忙乱地回来

雨点落下来　峡河加速流淌

槐花开得和去年一样繁乱

出门的人，像一滴蜂浆滴落在路上

一箱苹果

好久没有吃到苹果了

从网上邮购了一箱

它们来自山西永济

穿过风凌渡和秦岭

穿过一月的寒冷

来到我的手里

它们身上还留着指纹

留着1999年的风雨

和一家人黑黑白白的目光

我咬了一个　是甜的

又换了一个　还是甜的

我看见　劳动的人陷身黄河

八岁那年

在峡河边　也是这样的季节

我给父亲送饭

——三颗包在手绢里的白梨

我咬了一口　又咬了一口

整整一天　我陷身在冷风里

直到父亲空着肚子下工

早春

早春并不是最早的
比它来得早的是河柳
随后是划过天空的雁阵
它们回头不回身
去年的事物
已不认得它们

一辆拖拉机从坡上下来
它巨大的车斗装满柴禾
这钢铁中最衰老的家伙
就要被淘汰　在没被淘汰前
再老当益壮一回
一群孩子　把它的黑烟
说成是暴脾气

峡河老了　而干枯的芦苇

让它再次焕发青春

有人从河东到河西

有人从河西到河东

在河水里洗菜的人最知冷暖

她的儿女沿着河的方向各奔天涯

沿着早春

我要去看一个白胡子老头

他曾在峡河边上小住

后来到了胶东平原

一位无名小儒

一个被时代按了删除键的人

他或者真的不在了

白胡子一定还在

我在一个月内翻阅的
三十本英文书：
一次实验记录

撰文 刘铮

2021年1月15日，实验开始。

本质上，这是一场自我限制的游戏，它将一套自行制
定的规则强加给自己。但它同时又是一种自我探索，因而
是一种自我的扩张。一方面，它有点像沙漠教父的苦修节
食，可另一方面，又有点像是古罗马盛期的豪纵饮宴。

其实事情一点都不复杂，而且着实微不足道：在1月
15日这一天，我决定，在接下来的一个月内，我将不读任
何一本中文书，而只读外文书。

这一决定并非心血来潮。2020年年底，我回顾了自己
一年所读之书，一抹厌倦外加失望的阴云笼上心头。去年，
读的外文书太少了。我怎可允许自己被中文世界的风尚、
趣味、偏好所围，尤其是当那些表现为潮流的东西实际上
是被明的暗的规条切割出来的结果？在中外之间审慎地左
右采获、斟酌去取，当然是最理想的。但我还是相信，矫

枉必须过正。于是，我下决心，干脆斩断与中文书之间的锁链与情丝。

自订规则：在一个月内，不得翻开任何一本中文书。不过，我还是给自己留了一道暗门：可酌量阅读微信中的中文订阅内容，而其中实际上是不乏中文著作的片段的。

就这样，我开始了只读外文书的一个月。读外文书，对此刻的我意味着什么？我觉得安德鲁·派珀（Andrew Piper）在他那本精辟敏锐的《书在那儿：电子时代的阅读》（*Book Was There: Reading in Electronic Times*, 2012）里有个说法特别切合这一情境——"Closing something off in the name of opening something up"，名义上是要开启一些东西，事实上是要隔绝另一些东西。外文书，带来的是另一个视野、另一种话语、另一类关切、另一组感性，它与中文世界并非截然悬隔，但正如奶茶已不只是一种茶，它总是带来"另一些东西"，它总是表现为"另一些东西"。

关于我的"读"，恐怕须加繁琐的限定，才能使它与众人熟习的那种"读"建立起联系，所以我宁愿称其为"翻阅"。首先，在我翻阅过的书中，从头读到尾的只是少数——在传统的读书人看来，这无疑是大逆不道的。不过，我想说，阅读的崩坏，源头其实是写作的崩坏。当一位学者将相互间只有极稀薄的关联的论文连缀起来，搭成一部专著的门庑，而他竟然指望读者乖乖听话依次读来，我们到底应在多大程度顾念他这种愿望呢？法国作家达尼埃尔·佩纳克（Daniel Pennac）写过一本有趣的谈阅读的小书《宛如一部小说》（*Comme un roman*），他声张的"读者权利"：第一条，不读的权利；第二条，跳读的权利；第三条，不读完的权利……我悉数赞成。

其次，我习惯了跳来跳去的阅读，习惯了跳走再跳回来的阅读。在同一天里，我可能会在四五本书间跳来跳去。有时候，一本书我只读了一章就把它丢开了，可一周后、一个月后或一两年后，我可能又把它捡起来接着读下去。跳来跳去、跳走再跳回来的阅读，本质上是鸡尾酒式的阅读：它叠加场景、混合体验、漂染悟性、淬炼反思。在记忆中纷纷欲散去者不强挽，对游移萦回者，有"小立待其定"的耐心。读大书如克名城，"三军可夺帅也，匹夫不可夺志也"，这样的阅读传说、阅读神话，我们自然都听过许多。我也觉得那种犟脾气的读法，对某一类书或人生某一阶段，是适用的。但我不认为，那是唯一合法的读法。是否依次读来，是否从头读到尾，与其说取决于读者的个性或习惯，不如说取决于书本身的性质，更取决于阅读的目的。仅就我为时一个月的外文阅读而言，恣意涉猎的企图是压倒从容含玩的痴想的。

第三，是尝鼎一脔就权且置之，还是一气饮尽最后一滴，本来就寓有我的价值判断、审美判断以及某种"阅读经济学”的算计。假如将“克名城”的比喻再加发挥，我们不妨追问，一味强攻，即令最终夺下城池，将士、粮草、兵革等等的损失，又该如何跟胜利的结果进行折算呢？设使隳的是名城大埠，倒还罢了；若耗三军之力，只拿下个三里之城、七里之郭，恐怕则更无把握定其得失了。下面我历数翻阅过的书，偶尔会交代为什么某种书只选读而未全读，其中既有基于判断者的，又有基于算计者的。

然而，自辩终究是乏味和有失体面的。若我以这种方式读书，将作为一宗昭彰的失败案例而陈尸于解剖台，供未来的万无一失的阅读法传授者们嗤点，那何尝不是一种荣幸？

一

我的读书，一般体现为“两条路线”之争：一条是持久兴趣自行铺展出的路线，另一条是由新到手的书或因研讨需要而临时参详的书所牵领的路线。当然，二者是每每交错的，刚搜求到的书未尝不是持久兴趣的某种结果。

过去几年，从维多利亚时代中后期到20世纪30年代的作品，一直是我阅读的重点。此次翻开的第一部书即由这一路线而来。读切斯特顿（G. K. Chesterton）的《文学中的维多利亚时代》（*The Victorian Age in Literature*, 1913），如聆智者謦欬，有时会觉得他兴会极高，简直口沫四溅，尽管咳唾的都是珠玉，有时也未免支离曼衍，像谈话谈久了，偏了航道，但总归他的好处，非今日既欠缺知识又自甘束缚的笨伯们所能领会，因为他那些令人应接不暇的判断里融进了太多思想上的、文字里的体会，来自那一语境里的经年浸淫，而这些不是可以凭试剂或量杯来检证的。如他评马修·阿诺德："在穆勒的'自由'、卡莱尔的'力量'以及罗斯金的'自然'之外，他另立一物，壁垒一新的一种东西，他称之为'文化'，它经由对最好的书、最好的作者们的详审细查，达至心智的自由挥洒，蠲除世俗利害考量……有时他谈起'文化'，就好像文化是一个人，或者至少是一个教派（因为教派往往带有某种人格）：可能有些人会觉得'文化'确实是一个人，他的名字就叫马修·阿诺德……他有点像是上天派来的信使。他与维多利亚时代只重实效实用、粗俗却又闷闷不乐的向上精神正面对决，其精神可用他本人的一句妙语概括：他向英国人民发问，问把他们从伊斯林顿载往坎伯韦尔的快车究有何用，如果只是把他们'从伊斯林顿的阴惨、粗鄙的生活载往坎伯韦尔的阴惨、粗鄙的生活'？"

顺带读了切斯特顿的一本随笔集《凡百事情皆有助益》（*All Is Grist*，1931），数篇正经谈文艺的掠过未细看，有几篇小品文（familiar essay）倒来回读了几遍，佩服切氏心理洞察之精确。最喜欢的一篇叫《论无聊之为刺激》（"On the Thrills of Boredom"），大意是说，当下青年似乎除了聚在一处起舞跳跶、大笑大闹之外就找不到别的什么乐子了，切斯特顿的体验则异于是：他小时候会有很长一段时间都处于兴奋之中，而实际上无事发生，只是待在阒无人声的大房子里，也会有一种难以形容的满足之感。似乎我们需要那些冷清、空荡、人迹罕至的地方，让自己沉浸于某种无以名之的暗示，让潜藏意识的土壤更加肥沃丰富。切斯特顿说："年轻人其实远比人们以为的更会找乐子，而且并不是非找乐子不可。"（Youth is much more capable of amusing itself than is now supposed, and in much less mortal need to be amused.）因为，他们擅于在孤单、沉闷中发现乐趣。当然，我猜，切斯特顿所指的，还是那些多少像他一样有想象力的年轻人罢。

同时翻阅的书还有肯尼斯·阿洛特（Kenneth Allott）主编《鹈鹕英国文选》（*The Pelican Book of English Prose*）第五卷《维多利亚时代文选》（*Victorian Prose：1830-1880*，1956）。这个选本最大的特点是选文绝大多数都很短，平均只占两页篇幅，因此读来毫不吃力，可以随时拿起放下。编者眼光甚好，在名家名作之外，也选了些没那么有名的文章，但一样精彩。

我最喜欢的一段，出自哈代的小说《还乡》，长度还不到一页，写在爱敦荒原上起篝火，人的面容在火光映照下发生种种变化。哈代的笔致极细腻而庄严，令人叫绝。现在常有人说不明白所谓"文笔"到底是什么，我想，去读读哈代的英文，或许就能理解，所谓"文笔"终究是存在的，虽然它已变得稀有。我后来没再去翻看中译本——我相信，即使是张谷若，也译不出那种美来。

接着读了"人人文库"（Everyman's Library）版的海涅《诗文选》（*Prose and Poetry: A Selection*，1934）。大约因为海涅曾被归为"革命诗人"，这个本子上世纪50年代曾在国内广泛发售，现在也容易找。前面几首诗读不出好来，索性直接跳到后半的散文部分。海涅一直是我最钟爱的散文作者，所以他的文章我读得相对熟些，此次用英译本读，倒是在游记里发现一章以前未措意的好文字。海涅忆及自己当年念书时所学知识之无用，正话反说，诙谐极了。他说自己死记硬背的东西后来都派上了大用场：要不是当年把那些罗马皇帝的名字都记熟了，后来尼布尔考证出这些皇帝并未真实存在过，其说正确与否，他一准儿觉得无关痛痒了。海涅背的历史大事年表，也多次帮他在柏林那些千篇一律、千"家"一面的街区中顺利找到朋友的家门，方法是将友人的门牌号跟某一重大史事的发生年份联想到一块。发展到后来，就是见到一个熟人，就会想起一件古代大事——见到裁缝，马上想起马拉松战役；见到衣冠楚楚的银行家，马上想到耶路撒冷的覆亡；见到一个葡萄牙朋友，马上想到穆罕默德的出走……所以，海涅说，背年表太有必要了。

读玛格丽特·博特拉尔（Margaret Bottrall）写的小册子《艾萨克·沃尔顿》（Izaak Walton）就没那么有趣了，好在仅有30几页，可以苦捱到尾。朗文公司（Longmans, Green）上世纪五六十年代出版的"作家及其工作"（Writers and Their Work）系列，都是三十几页的小册子，专家所撰，评介英国大小作家，每册后附的书目很有用，我一口气买过几十册。前年，王宪生译《英国近代早期传记名篇》出版，其中收了艾萨克·沃尔顿写的名人传记五篇，我想对他写传记的情形再了解得多一些，于是读了这本小册子。不想其书枯燥乏味，事实也了无可观。

二

文学批评和文艺理论，是我阅读的大宗。以下七本书都是这方面的。

艾伦·理查德森（Alan Richardson）、艾伦·史波斯基（Ellen Spolsky）主编的《虚构的运作：认知、文化与复杂性》（The Work of Fiction: Cognition, Culture, and Complexity, 2004）是部"认知诗学"方面的论文集，我

只读其中一篇论文：哈特（F. Elizabeth Hart）写的《具身文学：对文类问题的认知－后结构主义探索》（"Embodied literature: a cognitive-poststructuralist approach to genre"）。读后觉得其中"认知"的成分未免太稀薄，不过，在种种关于"文类"的理论中穿行，过程究竟是有趣的。探讨的一个核心问题，是作为文类的"悲剧"。我把作者的阐述简化（漫画化）一下，可以说，这一文类概念大体经历了"正反合"的过程：起先，剧作因其"悲"而被称为"悲剧"；后来，有人指出，我们所说的许多"悲剧"，其中并无多少"悲"的成分，所以这一文类是可疑的；到了作者这里，她说，其实"悲剧"在人的认知底层还是有很多"悲"的成分的，所以"悲剧"终究是"悲"剧。文章有一半篇幅以《奥赛罗》为例，剖析其种族内蕴，我觉得很有启发，但这算"认知诗学"吗？我不敢说。

乔纳森·卡勒（Jonathan Culler）的文集《追逐符号》[*The Pursuit of Signs*，（1981）2001]，读了其中嘲笑斯坦利·费什（Stanley Fish）的一篇（"Stanly Fish and the Righting of the Reader"）以及《叙事分析中的故事与话语》（"Story and Discourse in the Analysis of Narrative"）一文。卡勒在所谓"耶鲁四雄"中文笔是最清新可诵的，此集中的文字今日读来不无过时之感，但还是时有闪光点的。如《叙事分析中的故事与话语》，让我感兴趣的是他对叙事的因果关系的讨论。卡勒举了E. M. 福斯特在《小说面面观》中提到的那个著名的例子："国王死了，然而王后也死了"，这不是叙事，而"国王死了，然后王后因悲伤过度而死"则是叙事。后者是一种因果叙事：先有原因，后有结果；蚊子先咬了人，然后人感到了痒。但卡勒指出，尼采将这种因果的表象逆转了，尼采认为这是一种修辞操作的结果。事实可能是这样的：我们先感到痒，然后我们开始寻找某种可以被当成是原因的因素（factor）。如此一来，"真实的"因果序列也许是：先有痒，后有蚊子。是结果促使我们造出一个原因来。

刚买到一本重版的瑞恰慈（I. A. Richards）著《修辞哲学》[*The Philosophy of Rhetoric*，（1936）1966]，就翻开读了。事实上，这书里根本没有什么"哲学"——以前英文标题里的philosophy（哲学）和grammar（语法），常常只是作为比喻（metaphor）用的，意思无非是science（科学）和principles（原则）——瑞恰慈只是从语言（尤其是词汇）角度对修辞学做了比以往更进一步的研讨。因为原本是面向女校学生的讲稿，所以程度不深，其中插科打诨颇不少，但有启发的地方也多。作为出版于1936年的著作，它是体现了瑞恰慈的敏锐度和前瞻性的。其中的警句，如：Stability in a word's meaning is not something to be assumed, but always something to be explained.（不可事先假定词义稳

定，你若说某词义是稳定的，就需加以解释），很能代表此
书之精神。燕卜荪（William Empson）后来精研"含混"，
未尝不是承继了瑞恰慈的志业。在书中，瑞恰慈还说"解
释的理论显然是生物学的一个分支"，隐然开"认知诗学"
之先声啊！作者书读得博，穿插的一些离题的引语也都有
意思，如引鲍桑葵（Bernard Bosanquet，英国哲学家）的
"学术金律"：切勿引用或评价一本你没有从头读到尾的书
中的任何内容。不啻对我的当头棒喝，我当时时反省。

　　循着瑞恰慈这个关键词，读了特里·伊格尔顿（Terry
Eagleton）文集《异端人物》（*Figures of Dissent*，此书有中
译本，然甚劣，我从不参考）中讲瑞恰慈的一篇。伊格尔
顿的这篇文章，让我大为倾倒，其所站位置之高、所下论
断之透辟，均给人留下至深印象。伊格尔顿指出，在"话
语理论"这个词儿发明出来之前，瑞恰慈就是一位"话
语理论家"了（Richards was a discourse theorist before the
title was invented），他的《修辞哲学》甚至多少预告了后
结构主义的观点。伊格尔顿认为，无论从广义还是狭义来
说，瑞恰慈都是一位"修辞学家"；如果说瑞恰慈在方法
上是在呼吁"严格"，那么他其实是为了"不严格"（non-
rigorous）来这样做的，为了更好地领会复杂性、灵活性和
他所谓的"多义"。至于伊格尔顿进一步探析瑞恰慈理论
可能有的政治意涵，则更非我所能梦见，用"震惊"来形

容亦不为过。

接着我看了另一篇讲瑞恰慈的文章，出自海曼（Stanley Edgar Hyman）著《武装的视野：对现代文学批评方法的研究》（*The Armed Vision: A Study in the Methods of Modern Literary Criticism*，1955年修订版）。海曼是媒体人，能写出这部纵论当代批评家的论著，也算不容易了。夏志清当年在美读了此书初版，曾在给哥哥夏济安的信里赞它有用。奈何我先读了伊格尔顿那篇高屋建瓴的大文字，再看海曼这种事实性的铺叙，不免感叹其为"残酷的对照"。假若调换一下阅读顺序，没准儿我不会觉得它那么平庸。当然，海曼收集资料的能力颇强，这样的文章也还是绕不过去的。

然后我又翻阅了两部修辞学方面的专著，一部是肯尼迪（George A. Kennedy）的《古典修辞学》（*Classical Rhetoric and Its Christian and Secular Tradition from Ancient to Modern Times*，1988），另一部是布莱恩·维克斯（Brian Vickers）的《捍卫修辞学》（*In Defence of Rhetoric*，1988）。

《古典修辞学》我选读了第七章"犹太教－基督教修辞学"。作者讲旧约的"誓约话语"、讲福音书修辞之独特、讲登山宝训中对三段论法之运用，都给我以启发。之前我并未留意作者是何方神圣，因为名字太普通了，后来再端详：这不是《剑桥文学批评史》（*The Cambridge History of*

Literary Criticism）第一卷的主编吗？失敬失敬。

伦敦大学的维克斯爵士是一流的大学者，主要研究方向是伊丽莎白时代文学。他这本《捍卫修辞学》，我选读了第八章"现代小说中的修辞学"。一读就对作者佩服得不得了：他从当代小说里选取的几个例子都特别贴切而微妙——有奈保尔的《毕司沃斯先生的房子》、贝克特的《瓦特》、图尼埃的《礼拜五》、戈尔丁的《通过仪式》、格雷厄姆·斯威夫特《水之乡》等——要知道，这些例子绝不是那种随便翻开哪本书抓一把就能抓到的。作者一定平日阅读就很广泛，看同代人的小说也不全然当成消遣，加以感受敏锐，故能捕捉到其中有意味的细小情节和字眼儿。在书里，他以一种看似不经意的方式将这些案例连缀起来，剖析时，也往往不过寥寥数语。但同为经营文字的人，我自然明白，举重若轻，其实是种绝大的本领，是学养、见识、修为的综合产物。

三

差不多读到这里的时候，我的实验已经进行了十天，我渐渐感到来自中文的、越来越强的引力。一方面，当我看到一些与我之前研究的题目相关的中文著作出版的消息，会有一读为快的愿望；另一方面，与好的汉语的隔绝，尤其是与古文的隔绝，令我寂寞。而我又接到新的书评稿约，这意味着必须先读那部中文新著。然而，无论如何，我将它们都视为塞壬的歌声，心一横，我将自己捆在无形的桅杆上，沿着既定航线前行。

但此时我确实读了一篇微信公众号上的中文文章，是贝尔纳·斯蒂格勒（Bernard Stiegler）写的《感性的无产阶级化》（陆兴华译），有一节我特别感兴趣，反复读了几遍。因为其中涉及康德的《判断力批判》，我就想读"第三批判"里关于"共通感觉"（sensus communis）的论述。尽管明知家里备有宗白华、韦卓民译本、邓晓芒译本和牟宗三译本，但受着约束的我还是选择读英译本。先看的是沃纳·S. 普鲁哈尔（Werner S. Pluhar）的译本（1987），结果读得云里雾里。只好又找来詹姆斯·克里德·梅雷迪斯（James Creed Meredith）译本［经尼古拉斯·沃克（Nicholas Walker）修正，（1952）2007］，才发现这个早出的译本反而比普鲁哈尔后出的译本好读很多。不过，对于康德文本的把握，我仍无自信，决定等这次阅读实验结束后再与中译本对勘。以不足之学力，强攻西文原典，效果是不会好的，我深知此理，故暂时撤退。

理论方面，读了朗西埃（Jacques Rancière）《解放了的观者》（*The Emancipated Spectator*, 2009）里的第二篇文章《批评思想的不幸遭遇》（"The Misadventures of Critical

Thought"），对照法文版（*Le spectateur émancipé*, 2008），发现英文版未印出法文版里的几幅插图，英文版读者大概只能凭想象来重构朗西埃对这些艺术作品的解说了。严格说来，《批评思想的不幸遭遇》超出了艺术理论的范围，有更普遍的意旨。朗西埃指出，左翼思想企图通过颠倒言说的逻辑来寻求突破，最终只能通往循环和短路。这一揭示，我认为是有力的，可惜我并不觉得朗西埃给出了什么更好的替代方案。

社会学方面，读了朱迪·瓦克曼（Judy Wajcman）著《赶时间：数字资本主义中的生活加速》（*Pressed for Time: The Acceleration of Life in Digital Capitalism*, 2016）前面的60页。瓦克曼的文字松松垮垮，读得颇不耐烦，我想，这文本挤去三分之一水分会好很多。与通常的"加速论"论调不同，瓦克曼认为我们其实在一定程度上把当代生活的加速夸大了，而且高速、效率并不仅是由技术助长的，它们也与相应的社会规范（social norms）有关。"技术加速会不可避免地造成生活步调的加速吗？"瓦克曼的答案是否定的。她提出："我们以为内在于机器的那种时间特征，其实是由我们与器物的互动催生的。"尽管文本质量不太理想，但我觉得瓦克曼的"修正主义"论述还是包含了不少洞见的。此书台译本名《缩时社会》，未见，将来应该会有大陆的出版社译介罢。

历史学方面，重读了一点达恩顿（Robert Darnton）的旧著《法国大革命前的畅销禁书》（The Forbidden Best-Sellers of Pre-Revolutionary France, 1995）。国内读者对该书知之甚详，就不细说了，这次重新翻阅，倒留意到序言里引了一位旧制度时期负责追查违禁书籍的官员说的话："只读官方认可的书的人，恐怕会落后于同代人一百年。"

下面是几本随手翻览的书。一本可算作目录学，系由阿萨·唐·迪金森（Asa Don Dickinson）编撰的《十年好书书目：1926—1935》（The Best Books of the Decade, 1926-1935: A Later Clue to the Literary Labyrinth, 1937）。读这种书，可知当时美国人的好尚。一点启示："好书"里列入了大量通俗历史书，大概当时人颇得益于此，便以为是好书了，其实这类书是最速朽的，不必急着去读，十年后它们自然过时了。如今，在中国的出版界，通俗历史书，尤其是外国史，泛滥成灾，我在心里暗祷读者们可以"鉴古知今"。

《杏仁》（The Almond）是一部情欲小说，译自法文，我留意到这本书，是因为作者据说是位来自北非的知识女性，她未敢署真名，只用个化名Nedjma。其书开篇有段类似宣言的自述文字，说："我要宣告，我才不在乎是羊还是鱼，是阿拉伯人还是基督徒，是东方还是西方，是迦太基还是罗马，是加利利还是伊本·白图泰，是马哈福兹还是加缪，是耶路撒冷还是索多玛……（以下省略类似的数十字）"说实话，这种硬充知识人的外强中干的口吻，让我觉得很倒胃口。读了十页后，就把它丢在一边再未看了。

有几晚，我在临睡前的十几分钟里读《企鹅笑话词典》（*The Penguin Dictionary of Jokes*, 2003）消遣。平日里，我就很爱读英文笑话集。说起来有人可能不信，其实每本笑话书的品位都不相同，端看编者是什么样的人。翻读了一点后，我可以蛮有把握地说，这部《企鹅笑话词典》的编者弗雷德·梅特卡夫（Fred Metcalf）品位不俗，虽然我根本不知道他是谁。书中笑话有不少我都欣赏，比如关于历史的两则：1. 当你听完两位目击者对同一桩交通事故的描述，你就开始对历史的书写忧心忡忡了；2. 学生问：法国大革命造成了哪些主要影响？教授答：我想现在恐怕言之尚早。

配合《企鹅笑话词典》，我读了哲学家西蒙·克里奇利（Simon Critchley）的访谈集《如何停止生活并开始焦虑》（*How to Stop Living and Start Worrying*, 2010；书名系戏仿励志类畅销书《如何停止焦虑并开始生活》）。克里奇利是那种读书多、修养全面的哲学家，非专家型。他这本访谈集，话题广泛，我是奔着谈论幽默的第五章来的。"要理解一个社会因何发笑，是最难的事；一个社会最难解读之点就在于它的幽默结构。这就是为什么幽默如此难以翻译，学外语时到最后才领会的就是笑话如何产生效果。"克里奇利如是说。我的看法稍与其不同。我觉得，学外语其实不妨从笑话学起，笑话可以让学习过程变得轻松有趣，而笑话中蕴含的词汇及社会风习的微妙之处，正是值得外语学习者细心体会的部分。

四

在阅读实验进行到一半的时候，一种焦虑逐渐由模糊变得清晰，甚至变得强烈起来。大概是在实验开始前我读的最后一本中文书《为什么是阿甘本？》，牵起了我的一丝疑虑。试想：吉奥乔·阿甘本（Giorgio Agamben）的《语言与死亡》中译本出版于2019年，我们当然有理由觉得它是一本还挺新的书，可实际上，原著出版于1982年，离现在已将近四十年。不是想说它已经过时了或不值一读了，完全不是这个意思，而是说我们应该事先意识到某本书的"历史性"，毕竟它产生于某一特定的历史时空环境。将近四十年的时间距离，并不是没有意味的，理论话语、问题意识、历史感觉……已经更替过几轮了。今天，就在此时此刻，我们的思考究竟演进嬗递到哪一步了？我发现自己对此竟无把握。

依我有限的观察和未必可靠的直觉，21世纪10年代以后，学术领域还是发生了一些深刻的变化的，我将这些变化首先归因于搜索引擎带来的影响，其影响我认为主要是正面的而非负面的。搜索引擎和图书的全面电子化，使得历史文献以前所未有的规模铺展在学者面前，"一览无余"不再只是比喻，而是在字面意义上实现了。这种对文本总体有着强有力把握的感觉，逐渐从带有历史属性的人文领域向其他领域扩散。这种俯瞰感的确在改变学术研究，使得比如说20世纪后半期的研究在一定程度上呈现出老年斑似的年代感。

我固然可以无悔无怨沉酣故纸，但我并不想失掉对自己时代的体察——哪怕是源自他人体察的二手体察。这时，我似乎猛然意识到，已经有几年，乃至十年，不曾密切留意欧美最新的出版动向了，这有我个人的因素，但更可能与外在的环境有关。无论如何，我发现自己读的书绝大多数已有十几年、几十年、甚至上百年的历史。有上百年的历史反而不成问题，而读有十几年、几十年的历史的书，则可能需要先在头脑里把它们用括号括起来，因为它们有某种可歪曲你对现实的真确认识的潜在力量，就像筷子插进清水里，水面下最近的那一段看上去是弯折的一样。

我立刻改弦更张，决定接下来集中翻看最近几年出版的书，尤其是2020年的新书。很快，买来了五部2020年出版的新书，我便依次读来。

初读斯科特·纽斯托克（Scott Newstok）著《如何像莎士比亚一样思考：文艺复兴式教育的启示》（*How to Think like Shakespeare: Lessons from a Renaissance Education*，2020），不禁倒吸一口气：今天美国的小大学里居然还藏着这样的厉害角色。作者博览的程度相当惊人，上下古今，了无窒碍，一会儿引的是数百年前的僻书，一会儿又在脚注里附上网址，一看是 2019 年下半年的文章，看得出来，这些都是一页页读出来的，非拜搜索引擎所赐。他以莎士比亚研究为业，对莎翁文字，尤其是语汇方面，确有不少见识，比如提到莎士比亚作品中"思考"一词的出现频率是"感觉"一词的十倍。不过，我读过三章之后，心里就有了底，暗道一声"不过如此"。说白了，其只是寻章摘句之徒，虽然他摘的句子往往有些意思，但仅是堆叠在一处，却不知这些警语佳句来自不同的语境，有着不同的思想背景，有时，尽管各有道理，但其实相互之间尖锐冲突、难以调和。作者无力对之加以梳理、辨析、平亭，说明思考还很不过关，纵论莎士比亚的思维恐怕无法胜任，如果召去编引语辞典，那就是理想人选了。他在书中曾强调，莎士比亚写的剧本，台词均出各色人物之口，切不可将之贸然视为莎翁心声，这自然是正确的，可他后面又每引莎剧里的句子代表莎翁的理念，岂非知其不可而躬蹈之？

第二本是泽娜·希茨（Zena Hitz）著《思想入迷：知性生活的隐秘乐趣》（*Lost in Thought: The Hidden Pleasures of an Intellectual Life*，2020）。这位作者也在美国的小大学里任教，读之前，我看她是普林斯顿大学读古代哲学出来的，寻思着谈知性生活或许会有些特见罢，哪想内容多谈琐事，又缕述自己如何克服所谓精神危机，平庸至极。大呼上当后，只好将这碗平淡的鸡汤倒掉。上面两本书都是普林斯顿大学出版社所出，看来近年美国学术出版社把关不严，已成常态。

第三本叫《广场遗韵：两次大战间五位女性与自由及伦敦的故事》（*Square Haunting: Five Women, Freedom and London Between the Wars*，2020）。书中所写五位知识女性分别是H. D.（诗人杜立特尔）、多萝西·L. 塞耶斯（左手译但丁《神曲》，右手写侦探小说）、赫丽生（有名的研究古希腊的学者）、艾琳·帕瓦（或译艾琳·鲍尔，史学家，她写的《中世纪的人们》有两个汉译本）及弗吉尼亚·伍尔夫，因缘际会，她们五个人都先后在布鲁姆斯伯里的梅克伦堡（Mecklenburgh）广场生活过，相互间也不无交集。作者的眼光值得赞佩，单是拈出这一点，已几乎保证成功大半。近些年"女性群像"式的传记作品颇推出了几部，但多属生硬拼凑，人物间欠缺有机联系。像《广场遗韵》这样以同一地点带出不同人物，确见巧思。看书后所附照片，作者弗兰切斯卡·韦德（Francesca Wade）非常年轻，简直像二十几岁，而她的文字清丽动人，研究、考证的功夫也过硬，真真难得。

第四本是英国知名女作家扎迪·史密斯（Zadie Smith）的随笔集 Intimations: Six Essays［书名难译：作者似乎将 intimates（亲密之人）一词的意思融入 intimations，就不只是"暗示"了］。书的篇幅很小，寥寥几十页而已，但分量很重，我觉得也写得相当精彩。书前"小引"写于2020年5月31日，正是新冠疫情的愁云惨雾笼罩欧美的时候。在开篇的《牡丹》里，扎迪·史密斯反思了身为女性的那种特殊的束缚感，她反抗女性生理机制的宣示令人动容。第二篇《美国例外》，激烈，尖锐，因对特朗普治下的新冠应对政策极度失望，扎迪·史密斯写下这些愤激之辞。愤激归愤激，其文字还是非常好的，我甚至觉得带点儿鲁迅杂文的淋漓凛冽的感觉。比如这两句：Death has come to America. It was always here, albeit obscured and denied, but now everybody can see it.（死神已降临美国。尽管被遮蔽、被否认，他其实一直都在，只是如今，他现身所有人面前。）有种既庄严又不无冷嘲的味道。我由此想到，我们在中文里有多久没有读到过这样的文字了？社会环境的变化，的确会让一种文体、一种文风消失的。骈文消失了，鲁迅式的杂文也几乎消失了，这是我们的幸运抑或不幸？

　　第五本是剑桥大学专研东南亚史的学者蒂姆·哈珀（Tim Harper）写的《地下亚洲：环球革命者及其对帝国的打击》（*Underground Asia: Global Revolutionaries and the Assault on Empire*，2020）。我看到这部厚达800多页的巨著颇受几位华裔学者推崇，就买了来。不过我只读了前面20页的"序章"部分。有些意外，也不妨说是惊喜，序章是从广州的沙面讲起的——沙面是我常同家人、朋友一起去散步的地方。作者讲的越南革命者范鸿泰、胡志明在广州的事迹，我并不熟悉，之后在网上稍稍搜了搜相关资料，知道作者所述并没有太多新发现，但能将那些多零碎材料冶为一炉，到底还是见功夫的。我相信，作者占据了后搜索时代、后数据库时代的有利位置，充分发挥自己处理庞杂史料的能力，故能织就一幅极广阔的图景，其全球史的取径正可谓借了时代的东风。当然，这样的史著，离我平日的关怀还是远了点，只能姑置一边，待将来用得到时再说。

五

　　除了2020年的新书，我还翻阅了2019年出版的两本书和2018年出版的两本书。

　　对保罗·奥斯特（Paul Auster）的小说，我一直是鄙薄的,但见到他出了本文集,汇集了四十年的评论、随笔,觉得或可网开一面,就买了来。但这部《跟陌生人交谈》(*Talking to Strangers*, 2019),总的来说,还是令人失望的。保罗·奥斯特早年在法国现当代文学方面下过点儿功夫,对先锋、探索类的作品做过些评介,不过,他写评论,像穿雨衣做爱,感觉隔了不止一层,就算品位看似没问题,却既不能将读到新鲜创作时的战栗感传达给读者,又缺少透辟的论断。不过,文集中有一篇随笔《我的打字机的故事》("The Story of My Typewriter")的确写得很好,写奥斯特一台用了二十六年的打字机(到文章发表时为止)——当然文章的力量主要来自奥斯特的行为,他的坚定、戆直、不与时俗迁,而非来自文字本身。

虚构方面,翻了翻苏珊·崔(Susan Choi)的长篇小说《信任练习》(*Trust Exercise*, 2019)。开篇甚佳,在黑暗中的摸索,别有情调。作者将少年少女的故事背景设定在戏剧学校就见巧思:有一般中学都有的学习环境,却多了更多互动性的人际关系,为情节打开了空间。读这部小说,是在春节前后。那天,孩子去玩过山车了,我站在游乐场旁,边看着包边等待,手上端着这本书,读着一对小儿女在暑期热气腾腾的房间里痴迷地探索对方的身体,在我周围,是过山车忽然下沉时的尖叫声和如织的人流。我面前似乎拓出三个空间:一个故事的、情欲流动的空间,一个现实的、人声喧闹的空间，还有一个只有我存在其中、由阅读切割出来的既"在地"又"出神"的灵泊（limbo）空间。这种带场景感的阅读体验，是最特别的，也是可遇不可求的。当然，当小说写到两个人闹起别扭，进入平常恋爱都难免的进程，我就觉得平庸了。近几年，我读小说已数次遇到这样的情形，比如读乔治·桑的《莱丽亚》、读亨利·詹姆斯的《波士顿人》，都觉得开篇奇崛，光芒四射，然而一旦故事的框架搭起来，人物的行动开始在那个小天地搬演起来，我就感到一下子局促了、黯淡了。如此说来，那些开篇平淡进入的长篇小说，好像就不会有这个危险——从安娜的流感写起的《战争与和平》自然就没有这个危险。不久，我看到微信上《外国文艺》2021年第一期的预告，原来《信任练习》很快要出中译了，我就顺势放下手头这一本，预备将来看中译，毕竟我读英文小说的速度比读中文的速度慢了许多。

彼得·琼斯（Peter Jones）是我特别喜欢的专栏作家，他在《旁观者》（*The Spectator*）杂志上的专栏"古与今"（Ancient and Modern）我曾长期追看。说起来他是所谓古典学家（classicist），但没有通常古希腊罗马研究者会有的那种头巾气，我认为他在字面上做到了"博古通今"。在书店的书架上发现这本《记住，你会死的：关于衰老和死亡，古罗马人能告诉我们什么》（*Memento Mori : What the*

Romans Can Tell Us about Old Age and Death，2018），我着实兴奋了一阵。当然，一般而言，专栏作家写的书都不如他们的文章好看（例如保罗·约翰逊、克里斯托弗·希钦斯），彼得·琼斯也不例外，不过这本书还是相当有趣的，作者的写作态度也是一丝不苟。古时候，儿童死亡率很高，成人的平均寿命也低。彼得·琼斯说，古罗马时期，大约有一半儿童在5岁前就死掉了，差不多80%的人会在50岁前死去。角斗士的死到得更早，彼得·琼斯综合现有的全部数据，得出角斗士的中位数寿命为22.5岁。从这本书的内容，我猛然想到一个事实：我们能读到的古代著作，其实绝大多数都是由长寿的人写的——因为短命的年轻人要么没来得及写出著作就死了，要么写出来的东西尚未成熟，不值得流传后世。那么，有志著述的人，得设法活得久一点啊。

"牛津通识读本"的《比较文学》（*Comparative Literature：A Very Short Introduction*，2018）分册写得极好，我从头到尾细读了一遍。我觉得，它如果不是我在30天里读的最好的书，至少也是最有用的书。作者本·哈钦森（Ben Hutchinson）是英国肯特大学的教授。他的观点深刻而又平衡，且有包容能力，在追溯学科史时总带着现实关怀，表达精辟犀利，偶涉诙谐，比如说谁也不可能懂得所有的语言，所以"翻译始终是比较文学界那个肮脏的小秘密"（translation remains the dirty little secret of comparative literature）。本·哈钦森在最后一章中指出，对于文学研究来说，比较文学处于一个既中心又边缘的位置 —— 也许，恰恰因为它是边缘的，所以它才是中心的。"换言之，比较文学易受波及的特征（vulnerability），既是它的强项又是它的弱点。"我想，他对自己所从事工作的那份清醒理智，是难得的，也是难及的。但就算是这样一位高人，有些习惯用语在书里也使用得太频繁了，比如foreground（突出的地位）一词大概出现了二十次，arguably（可论证地）也超过了十次。假如我做责任编辑，我会劝他留意此点。

稍稍回顾我翻阅的2018年以来出版的九部书，虽不能说部部都铭刻着这个时代的新意，但气息与十几、几十年前的著作的确不同，像扎迪·史密斯的随笔集，其用词之尖新，让习惯了读维多利亚时代以降尔雅文风的我印象深刻，而《地下亚洲》和《比较文学》在文献方面的"一览无余"感也颇为强烈。若考虑到我"采样"可能存在的偏差，则当代佳著的最高水准必然更高才是，所以我庆幸自己中途易辙，改看新书，庶几可免"陆沉"之讥（王仲任语："知古不知今，谓之陆沉。"）。

接近一个月期限的尾声，我因为想起之前欲读培根的《崇学论》，就随便找了一部收录其书的现代版本 ——"牛津现代经典"（Oxford World's Classics）版的《培根主要著作选》(*Francis Bacon: The Major Works*, 2002)。一读之下，发现编者所做注释，几乎全是自出机杼，且浩博无涯涘（全书800页，注释就占了300页），不觉大惊，赶忙去看书名页上的编者姓氏。噫——这不就是布莱恩·维克斯爵士吗？我之前翻看过的那本《捍卫修辞学》的著者。这是信马由缰的阅读中的巧遇，抑或趣味偏嗜所注定的遭逢，我不知道，但我是欢喜的。

2月14日午夜，一月期满，我带着近乡情怯的小小激动打开的第一部中文书是《钱锺书选唐诗》。信手翻到一页，有顾况的六言绝句一首：

心事数茎白发，生涯一片青山。
空林有雪相待，古道无人独还。

"古道无人独还"，我此刻的况味倒有几分接近了。

2021年3月15日改定

纪念劳伦斯·费林盖蒂

撰文　[美]约翰·弗里曼（John Freeman）

译者　刘漪

我们不是开车从桥上过去的。这让我感到意外。我还记得自己当时在想，我们会看到泛美大厦的尖顶刺穿浓雾，或是海湾在远处闪闪发光。然而，在我20世纪80年代第一次到访旧金山时，我们走的是隧道。从伯克利出发的湾区捷运列车将我们直接吐进了市中心商业区嘈杂的回响之中。那是1984年，整个旧金山城处在崩塌的边缘，艾滋病已成为一场全面危机——而里根政府正在羞辱和嘲弄其感染者。我们一家走在卡尼街上时，每走几步就会被人拦下来。衣衫褴褛的男人们向我们乞讨：钱、食物、给点什么都行。今天，这座城市中仍然不乏赤贫者，那些科技公司带来的财富的河流只是从它的周围流过。在当时还是个小孩子的我看来，那时的旧金山有种末世之感。一个城市该怎么假装自己没在崩溃呢？

正午时我们误打误撞地进了一家书店。城市之光（City Lights）书店坐落在哥伦布大道和百老汇街的交界处，像荒漠中突然出现的绿洲。我记得自己在踏进书店大门时想到，它对我们所有人需要什么样的水源的想法很是别具一格。关于革命的书，关于北美大陆如何被窃取的书和关于社群行动的书占满了好几层书架。有整整一层楼的诗集。虽然我只有10岁，但我的父母都是激进分子，所以我当时已经能辨认出左翼思想的部落徽记了。无论你把目光投向哪里，都能看见这座城市的困境，在书里，在公告牌上，在分发的单页诗歌传单中，在书店墙壁上粉刷的标语里。这所书店向你展示如何通过重新积极地参与社会来逃离困境，我从来没见过第二个地方像它这样。

那是三十七年前的事了。如今在这场瘟疫之中，书店仍在坚持营业，生意欣欣向荣。但是就在昨天，它失去了它那永远时尚的101岁高龄的创始人之一，诗人、出版人和社群活动家劳伦斯·费林盖蒂（Lawrence Ferlinghetti）。美国文人中，没有第二个人像费林盖蒂那样，在如此长的时间里坚持抵抗强权。他以诗人、书商和出版人的多重身份与强权战斗。他的诗集《心灵的科尼岛》（*A Coney Island of the Mind*）中的诗歌唤醒了整整一代人，让他们清楚地认识到美国的军事－工业复合体是一个噩梦。在"城市之光"，这个美国首家只售卖平装本的书店里，读者们能以低廉的价格找到自己的同道。而"城市之光书局"出版的众多作品则包括艾伦·金斯堡（Allen Ginsberg）的《嚎叫》

(*Howl*)、丽贝卡·索尔尼特（Rebecca Solnit）的第一部
著作，以及最近的一本关于无人机空袭的书。美国出版界，
没有第二个品牌像他们这样深刻地探究这个帝国时代里的
道德价值。

现在它一定程度上已经渐渐成了历史，如果我们从
将近两年前的费林盖蒂百岁生日庆典的情景判断的话。在
过去的很长时间里，城市之光书店一直是属于年轻人的圣
地。然而，2019年的那个周日下午，书店里却挤满了50多
岁、60多岁、70多岁甚至更老的老人。很多男人都戴着帽
子——圆顶硬礼帽、绒线水手帽、卷沿软呢帽、贝雷帽，
甚至还有牛仔帽。几乎没有30岁以下的人到场。书店经理
埃莲娜·卡岑贝格（Elaine Katzenberg）做了热情洋溢的
开场致辞之后，这天的庆祝活动就开始了。先是86岁的
迈克尔·麦克卢尔（Michael McClure）朗诵了费林盖蒂的
一首诗——麦克卢尔是1955年那场著名的"六画廊诗歌
朗诵会"上登台的五名诗人之一，评论界经常将该朗诵
会视作"垮掉派运动"的开端。另外四位诗人是金斯堡、
加里·斯奈德（Gary Snyder）、菲利普·拉曼提亚（Philip
Lamantia）和菲利普·沃伦（Philip Whalen）。费林盖蒂在
书店的"口袋诗人"书系中出版了他们所有人的作品。接
下来，85岁的前旧金山桂冠诗人杰克·赫希曼朗诵了费林
盖蒂最伟大的诗作《大海》（"The Sea"），其中有一句是

"他在90岁高龄踢了死神的屁股"。赫希曼的嗓音宛如那位老水手。

接下来的6个小时里，北滩——一个仍然脏乱破败，有许多脱衣舞俱乐部和意大利小餐馆的街区，也是城市之光书店选择入驻之处——举行了一整天的庆祝活动。我信步走进书店同一条街上的"西洋镜"咖啡馆，听到美国最令人兴奋的年轻诗人之一萨姆·萨克斯（Sam Sax）在里面朗诵费林盖蒂的杰出作品《狗》（"Dog"），这首诗追踪了一只狗在城市中穿行的足迹，"它看上去/像个有生命的问号/进入令人迷惑的存在/这座巨大的唱机/上面有一只奇妙的空洞的喇叭"。杰克·凯鲁亚克巷里，一组演员正在上演费林盖蒂写于70年代的一部干涉主义戏剧。长居伯克利的前美国桂冠诗人罗伯特·哈斯（Robert Hass）谈到，湾区有了费林盖蒂，就像有了一个永远照耀着的仁慈的太阳，他让清晰地看见事物成为可能。伊什梅尔·里德（Ishmael Reed）和保罗·比蒂（Paul Beatty）也到场了，不过他们只是在下面观看。随着天气转暖，越来越多的年轻人也出现了，书店又变成了它一直所是的那个东西——一颗有许多心室的心脏，搏动着，源源不断地泵出光明和新的想法。

费林盖蒂不在场。太阳落山后不久，书店员工为他集体唱了生日快乐歌，并在他位于北滩的公寓楼对街上歌唱。他来到窗边，衣着像往常一样整洁而时尚，戴着一条红围巾，向楼下招手。对于他这样一个处在社会思潮和运动的中心人物来说，这总是让他有点不自在，总想退到一旁避开聚光灯的照射——他更喜欢扮演那个反射光线的角色。你可以从他的作品中看出这一点。新方向出版社几年前出版的《费林盖蒂最伟大的诗歌》（*Ferlinghetti's Greatest Poems*）涵盖了他跨越六十年的惊人创作，而无论你将书打开到哪一页，都会看到他的笔触从那一时代世界上最黑暗的事件——越南战争，气候变化引发的、愈发严峻的生态灭绝现象——写起，最终又回到轻快和光明。像沃尔特·惠特曼一样，费林盖蒂也使用无韵体长句写作诗歌，但他的"我"更柔和，更陌生，也不那么爱喋喋不休。他绵延在书页间的长长诗行有着突然而时机恰到好处的跨行停顿，这让他可以骤然转调，将诗歌带入温情、惊奇或哀悼的情绪轨道。

费林盖蒂作品的魔力完全在于这些转调之中。它们使得他的政治永远不会成为那个让诗歌的大门围绕其转动的合页，而是某种更大、更永恒地富有人性、甚至充满希望的东西。《卡车上的两个拾荒者、奔驰车上的两个美丽的人》（"Two Scavengers in a Truck, Two Beautiful People in a Mercedes"）这首诗让两个彼此对立的社会阶层在红绿灯前撞到了一起，并在这种突然的并置中看到了一丝乐观主义的可能性，"所有四个人紧靠在一起／仿佛的的确确一切皆有可能/在他们之间/在这个小海湾的两边/在公海上/在这个民主的国家"。在美国，现代主义和自白派诗歌之间长期的分道扬镳，使得像费林盖蒂这样的人很难被定位。虽然费林盖蒂很推崇《荒原》，但与 T. S. 艾略特不同的是，费林盖蒂对"为艺术而艺术"的想法极度反感。而且，不同于自白派诗人如西尔维娅·普拉斯（Sylvia Plath）和罗伯特·洛威尔（Robert Lowell），他对个性、自我和神话化的解释（mythlogizing）也都持怀疑态度。

费林盖蒂之所以能在这两个极端之间找到一条自己的路线，全赖他在法国的经历。他靠《退伍军人法案》的资助去了法国，在索邦大学攻读研究生学位，并在那里非常深入地阅读了超现实主义者的作品，如安德烈·布勒东（André Breton）和安托南·阿尔托（Antonin Artaud），这两人的作品他后来也在美国出版了。他还阅读了雅克·普雷维尔（Jacques Prévert）的作品，他的《话语集》（Paroles）出版于1948年，费林盖蒂首次将其翻译成英文，并收入"口袋诗人"书系。普雷维尔充满戏谑意味的现实主义，他有节奏的重复诗行，比如"星期天"（"记住芭芭拉"），以及他对何为"真实"的扭曲的观念，同时也都成了费林盖蒂作品的标志性特征。

最近，当《纽约时报》的德怀特·加纳（Dwight Garner）问起他关于"垮掉的一代"的看法时，费林盖蒂称其中唯

——一个坚定的超现实主义者，威廉·S. 巴勒斯是那代人中最好的作家。费林盖蒂对巴勒斯的喜爱不仅是出于艺术上的赞赏，也因为他们两个是同代人。两人比金斯堡、凯鲁亚克和斯奈德早出生十年。费林盖蒂1919年出生于纽约州的扬克斯市，出生时的名字是劳伦斯·费林，还在襁褓中就被送到了法国。他的父亲那时已去世，而母亲被关进了一个当时被称为"疯人院"的机构。（他后来用回了家族原本的姓氏。）费林盖蒂五岁时和姑姑一起回到美国，从那时才开始学说英语。他被姑姑在纽约郊区抚养长大，她在那里的一个富家宅邸做家庭教师。她后来抛弃了他，让他到其他家庭成员那里借住，直到1929年股市崩盘之后，他又被另一个家庭收养，这个家庭有次抓到他偷东西，于是把他送进了寄宿学校。

尽管严格来说，他曾两次成为孤儿，但他最终还是获得了北卡罗来纳大学、哥伦比亚大学和索邦大学的学位，当时世界文化的首府正从法国转移到美国。在爱国主义的驱使下，他曾远赴海外作战：第二次世界大战中，他在登陆日（D-Day）时已当上了一艘潜艇的船长。但当他看到原子弹带来的灾难之后，就立即变成了一名和平主义者。和其他许多侨民一样，他因远离本土太久而逐渐改变了自己的地域认同。"当我来到旧金山时，我仍然戴着我的法国贝雷帽。"费林盖蒂在一次采访中笑着告诉我。"垮掉派是后来的事了。我比金斯堡和凯鲁亚克年长七岁，他们所有人都比我小，除了巴勒斯。我是因为后来出版'垮掉派'的作品，才开始和他们交往的。"

透过历史的长焦镜头回望，费林盖蒂作为出版人的成就，很可能不仅在于他出版的很多作品都属于"垮掉的一代"，同时也在于他出版的那些更年轻和新锐的作家。在过去的六十年里，一大批黑人马克思主义者（如鲍勃·考夫曼）、拉丁美洲抵抗派诗人［如黛西·萨莫拉（Daisy Zamora）、埃内斯托·卡登德尔（Ernesto Cardenal）］、年轻而时尚的短篇小说和长篇小说作家［如丽贝卡·布朗（Rebecca Brown）、里基·迪科尔内（Rikki Ducornet）］，以及一些左翼思想者的作品，都纷纷通过哥伦布大道的这家出版机构得以面世。对许多读者来说，是"口袋诗人"书系让他们第一次读到了弗兰克·奥哈拉［Frank O'Hara，《午餐诗篇》（Lunch Poems）］和丹尼斯·勒沃托夫［Denise Levertov，《此时此刻》（Here and Now）］，更不用说伟大的波斯尼亚诗人塞梅兹丁·梅赫梅迪诺维奇［Semezdin Mehmedinović，《九个亚历山大里亚》（Nine Alexandrias）］了。直到今天，你还可以在城市之光书店里买到所有这些诗集。

费林盖蒂成为一名书商几乎是纯属偶然。当时他有位名叫彼得·马丁（Peter Martin）的朋友创办了名为《城市

之光》(以卓别林的电影命名)的文学杂志,需要一些收入
来维持杂志的运转。马丁建议开一家书店,费林盖蒂很喜
欢这个主意,因为他刚从巴黎回来,而巴黎塞纳河沿岸到
处都有卖书的街头小摊,就像卖面包一样。结果证明这是
一个精明的商业决策。城市之光书店开业之时,恰逢"平
装书革命"方兴未艾,整个城市充满了狂热的潜在读者。

"我们填补了一个巨大的市场空白,"费林盖蒂曾在
《纽约时报书评》的一次访谈中说道:

城市之光书店成了这附近唯一一个你可以进去、坐下来
看书而不会被不停催促着消费的地方。这是费林盖蒂开办它
时的本意之一。此外,我还觉得书店应该扮演一个智识活动
中心的角色,而且我知道,这同样也是一家出版公司的天然
使命。

在某些"垮掉派诗人"终日酗酒,浪掷自己的才华的
时候,费林盖蒂却在孜孜不倦地打磨自己的诗艺。《心灵的
科尼岛》中爵士乐般自由的、粗粝的节律,是在一个美国
权力不受制约的年代呼吁人们起来抵抗的号角:

我等着有人叫我的号码
我等着/生命的终结来到

我等着/爸爸回到家里

口袋里装满受辐射的银元

而且我等着/原子弹实验的终结

　　最终有超过一百万名读者听到了他要说的话，这使《心灵的科尼岛》成为20世纪最畅销的诗集之一。这本书像个友善的幽灵一般紧紧跟在他身后。同时它也为他赢得了进一步实验的余裕。仅在20世纪60年代，他就出版了他的第一部小说［《她》(*Her*)］、一份环保主义宣言、一篇抨击越南战争的反战宣言、一本包含12部戏剧的剧作集，以及他自己以惠特曼风格写作的第三部诗集《从旧金山出发》(*Starting Out from San Francisco*)，这部诗集先于嬉皮士运动问世，并预先警告人们，伴随解放而来的是责任。"当我接近纯粹狂喜的状态时/我发现我需要一个大号的打字机盒子/来装下我的内衣和我良心上的伤疤。"

　　费林盖蒂最大的天赋之一，就是他能够同时成为一名公共诗人和私人诗人。在20世纪60年代和70年代，他的诗作经常被刊载在《旧金山讯问报》(*The San Francisco Examiner*)上，有时出现在头版，比如哈维·米尔克(Harvey Milk)遇刺时那次。有几十年里，他一直在"的里雅斯特咖啡馆"写作，就像弗朗西斯·科波拉后来那样。2015年出版的《风土行纪》(*Writing Across Landscape:*

Travel Journals）表明，他曾游历过很多地方，从西班牙、海地、古巴 —— 他在那里亲历了卡斯特罗的革命 —— 到西藏。但是费林盖蒂总是会回到北滩。他20世纪70年代创作的那篇可爱的诗歌《在哈巴罗夫斯克得到幸福的秘诀》（"Recipe for Happiness in Khabarovsk"）是对这个国际化世界的融汇之作，你今天仍然可以在"的里雅斯特咖啡馆"里看到这首诗，无论有多少游客到访。

一条气派的林荫大道
阳光下气派的咖啡馆
浓烈的黑咖啡装在小小的杯子里

一个不需要非常美丽的
爱着你的男人或女人

一个好天气

在去年费林盖蒂100岁生日那天，三月的天空一反常态地呈现出明亮的旧金山湛蓝色。当太阳沉到地平线下，那些已是垂暮之年的"垮掉分子"开车回了马林之后，我把一些朋友留在酒吧里，独自向城市之光走去，心里料想着书店里会是一片狼藉，或者至少留有大量曾有人在里面纵酒狂欢的荒唐迹象。然而，我看到的却是装了滚轮的书架已被推回原位，室内灯光明亮，人们在浏览翻阅着书籍。他们就是刚刚不见踪影的、那些30岁以下的人们。他们走动着，头顶上是费林盖蒂在湾区所点亮的灯光，这样其他人就能看清楚我们把这个世界搞成了什么鬼样子 —— 同时，幸运的话，也能看清楚怎样才能将它重新修好。

学者的生命：
马若孟和他的学术世界

撰文　严飞

马若孟（Ramon H. Myers）教授离开我们，已经快要六年了。

这六年里，我自己一心只顾着在学术之旅上匆匆赶路，完成教职上的各种考核要求，却鲜有时间可以静下心来，去认真地反思学术人生。回顾在斯坦福大学攻读求学的那一段学术生涯，和马若孟教授交往的点点滴滴，又再次浮现。

一

时间倒退回2008年的秋季。

我刚刚来到斯坦福的东亚研究中心开始研究生学习，彼时胡佛研究所的郭岱君老师，正在撰写一部20世纪50年代台湾经济转型的书籍，需要招募一位善于整理历史档案资料的研究助理。我前往报名，在郭岱君的办公室里正在侧耳倾听这一项目的研究规划时，一位矍铄干练、有些清瘦的老人推门进来。郭岱君向我介绍，这位就是在胡佛档案馆担任东亚馆藏部馆长（curator）的马若孟教授，同时也是这一研究计划的共同合作者。

胡佛档案馆所收藏的近代中国档案与史料，一直都是研究中国近现代史的学者们心目中赫赫有名的学术圣殿，而负责东亚馆藏的馆长，自然是这一殿堂中的学术大师。我受宠若惊，赶忙起身自我介绍。马若孟听完我的学术背景，就开始介绍他为什么会对台湾的经济转型如此痴迷。改革一向艰难，甚至惨烈，其背后不仅仅只是财经大辩论，更不可避免地会经过无数次的政策辩论、路线竞争，甚至是政治斗争。而理解台湾现代化市场经济的诞生，又可以更好地帮助我们理解中国大陆的改革开放。说完这一些，他突然话锋一转，只听他用中文说道，你以后可以叫我老马，老马识途的老马。

从这一天开始，我就成为了胡佛研究所的常客，几乎每一周都会前往郭岱君和马若孟的办公室，阅读20世纪50年代那些历史风云人物的日记，进行口述材料的整理，和两位教授一起就每一周的进度进行热烈的讨论。我也就此有机会常常参与到胡佛研究所各种不同形式的学术讲座、研讨会，还有私人聚餐当中，也和很多前来胡佛档案馆阅读历史档案的访问学者结下了学术情谊。

在一篇篇日记、档案、材料里，历史的轮廓就这样慢慢被勾勒出来，变得清晰而明朗。1950年初，台湾地区推行的还是以公营事业为主、政府严格管控的统制经济体系（command economy）和三民主义中的"民生主义"，也即"节制私人资本，发达国家资本"的理念紧密相承，但也带来了诸多社会变革的困境，经济持续创新增长的内生动力不足。如何可以更好地促进经济的最大发展？在这样的背景之下，20世纪50年代台湾进行了两次财经大辩论，持有不同立场的诸多学者、技术官僚均参与其间，就什么样的经济体制最能有效地创造财富的问题展开激烈论战：要不要放松政府对外汇贸易的控制，要不要限制公营企业的发展，要不要帮助私人参与市场经济的竞争和创新，要不要鼓励私营企业走向全球化的市场经济？在两次财经大辩论中，决策者开始逐渐调整他们对经济问题的认知，尝试建立新的生产制度，并在工业化和经济现代化领域中带动起一连串的经济改革，从而为后来的台湾经济起飞打下了基础。

这一项研究计划的成果，最终于2012年由伦敦的劳特利奇（Routledge）出版社出版（*Taiwan's Economic Transformation: Leadership, Property Rights and Institutional Change 1949–1965*），而繁体中文版则由联经出版社2015年出版，取名为《台湾经济转型的故事：从计划经济到市场经济》，同年简体版

《台湾往事：台湾经济改革故事（1949—1960）》由中信出版社出版，在学术界掀起了经济改革的再讨论。

在斯坦福做学问，简单而充实。除了在胡佛研究所进行研究助理工作，我很快也将自己的研究方向锁定为当代中国史，特别关注中国现代化进程中的社会转型与变革，以及在社会冲突时期个人、家庭、村庄的选择与命运。马若孟听了我的研究计划，立即给我推荐了很多馆藏的20世纪60年代中国各地的小报、宣传画册、私人回忆录，也介绍他所认识的一位朋友接受我的访谈，帮助我可以更加全面地掌握史料。

从传统到现代的历史转型，一直都是学者们最为津津乐道的一个学术话题，而档案材料的收集、整理和分析，又最见学者的基本功力。只有从纷繁复杂的历史材料中不断抽丝剥茧，才可以展现出现代化进程中历史的跌宕和激变。

二

在马若孟的学术世界中，最为核心的一个学术使命，就是利用一手的档案材料探索东亚国家和地区的现代化进程。他早年在西雅图华盛顿大学接受经济学的博士训练，主修日本经济史，对日本及东亚的政治经济发展、中国经济史有着浓厚的学术兴趣。博士毕业后，马若孟曾先后任教于佛罗里达大学、澳大利亚国立大学，并于1975年加入胡佛研究所担任资深研究员，同时出任胡佛档案馆东亚馆藏部馆长，一直到2010年才正式退休。1976年，马若孟作为美国小麦研究代表团（The American Wheat Studies Delegation）的一员，第一次访问中国，并进一步加深了他对中国农业现代化的学术研究。在这一领域里，他先后出版了《中国农民经济》（*Chinese Peasant Economy*，1970）、《中国经济：过去与现在》（*The Chinese Economy：Past and Present*，1980）、《近代中国的条约港经济》（*The Treaty Port Economy in Modern China*，2012），并撰写了《剑桥中国史》（*Cambridge History of China*）第9卷和第13卷中有关经济史的部分，编辑出版了44册的《现代中国经济》（*The Modern Chinese Economy*，1980）。

马若孟最为经典的研究，当属1970年由哈佛大学出版社出版的《中国农民经济》一书，并由此于20世纪70年代至80年代在美国学界掀起了一场有关中国农业现代化的大讨论。

在中国近现代的发展进程中，农业现代化一直是一个比较忽略的论题。在当时，关于近代中国农民经济问题的症结所在，学者的研究主要集中在两个维度。第一是分配理论（the distribution theory），这一理论强调因为农民的一大部分所得被地主、高利贷者、政府以及商人所剥夺，他们非但无力改造生产，而且生活水准势必日趋低落，因此要解决这一问题，首先必须改革社会关系，消除剥削阶级。第二个是折中理论（the eclectic theory），这一理论并不否认地租、利息、赋税等对于农民的盘剥，但是他们认为促使农村经济停滞不前的最主要原因，是农村组织的不健全、交通运输的落后，以及地方政府对于农村的忽视。换句话说，如果能在这些方面进行改进，提高生产力，即使社会结构不变，中国农村经济仍然可以逐渐繁荣，农民生活仍旧可以不断改善。

马若孟的《中国农民经济》，就对于第二派理论提供了一个有力的例证。这一本书主要依托于日本南满洲铁道株式会社调查部在华北所做的农村调查报告，并利用金陵大学教授卜凯（John Buck）等于1930年左右完成的农场经济调查资料和若干方志中的材料为辅助。在当时，这是第一本把中、日、英三方面的原始材料熔为一炉的研究著作，马若孟也是西方最早全面使用日本调查档案来研究中国经济的学者之一。

日本南满洲铁道株式会社，简称"满铁"，从1913年起到1943年，对中国的城市、乡村、工业、农业、商业、军事、资源、物产等各个领域进行了大量的调查，以为当时日本的对外军事扩张提供信息参考。从学术的角度出发，这一批第一手调查资料因其调查的系统性和全面性而独具价值，特别是针对中国农村的《中国农村惯行调查》，涵盖了村落概况、家族谱系、金融税收、租佃制度、典当买卖等资料，对认识近代中国的农村问题起到了至关重要的作用。

而卜凯也是一位农业经济学家，1925年担任金陵大学农业经济系首任系主任，带着学生们在中国的农村通过问卷调查的方式进行经济调研（economic survey），从覆盖面上虽然不能相比于日本满铁一个一个村庄进行的地毯式的系统调查，但更加具有学术研究的规范，也更加具有问题导向。

马若孟将这两个资料结合，并以满铁资料为主要基础，在研究方法上就已经做出了创新。1939—1943年，满铁的调查人员对河北、山东的一些村庄进行了一系列农村调查，积累了大量关于华北农村经济、社会和基层管理的原始资料。在这些资料基础上，马若孟选取了河北省顺义乡沙井村、栾县寺北柴村、山东省历城县冷水沟村和恩县后夏寨村这四个村庄作为研究个案进行实证考察，具体分析了四个村庄中土地所有制、劳动力关系、资本借贷、行政组织，以回应近代中国农业经济发展的问题。

在马若孟看来，中国农村最严重的问题在于如何解放产权、增加生产，而非如何调整分配。从1890年到1949年大约半个世纪的时间里，华北的土地所有权并没有出现集中的趋势，虽然人口数量逐渐增加，农场面积逐渐减小，但是集约耕种和传统技术的改良促使农业生产增加，从而导致农民生活水准并未降低。特别是伴随着市场的波动，农民可以不断调整对于土地、劳动力、资本等的安排，把可利用的劳动力在田间工作和非农业工作间进行合理分配，以期获取更高的所得。与此同时，华北的区间贸易和城镇工商业的发展也有利于农村经济，因为农民不仅可以在农暇时间获得就业机会，而且可以改种更高价值的经济作物，以增加收入。在此背景之下，马若孟明确指出，发展中国农业经济的关键在于如何改进农业生产技术，比如增加交通、水利的建设，进行人造肥料的采用、农业品种的改良与普及，发展农业教育以培育农业人才，健全农村信用组织体系，建立新型农业金融机构使较贫苦的农民也能获得生产所需要的资本等等，而这些方面的进步又大多有赖于政府的协助与努力。换句话说，中国农村经济问题，归根到底还是技术问题，即如何通过技术提高农业生产效率。

1980年，马若孟又出版《中国经济：过去与现在》一书，探讨中国近代经济发展缓慢的原因。在这本著作中，他继续坚持技术派思路，认为中国近代工业发展和农业现代化的迟缓，其根源来自政府与士绅未能积极鼓励技术改革和进行资本投资，再加上鸦片战争所造成的白银外流，粮运和水利系统的损坏所带来的水灾、饥荒和失业等因素，从而导致中国在近现代发展中远远落后于世界。

而加州大学洛杉矶分校的黄宗智（Philip Huang）对此却有不同的看法，在同样依托满铁的调查资料基础上，黄宗智于1985年出版《华北的小农经济与社会变迁》（*The Peasant Economy and Social Change in North China*）一书，从分配的视角去解释中国农村问题。在黄宗智看来，华北的农村是一种过密化或者说内卷化（involution）的"没有发展的增长"。尽管华北的农业生产在近代有了显著增长，但人口增长的速率却更快，在土地规模没有发生大的改变下，人均生产率和人均收入自然出现递减。由于人口数量的快速增长，尽管城镇工商业得到发展，但是包括许多妇女在内的农民在数量上超过了劳动市场上所能找到的职位，因此只能继续回到自己小小的土地上进行密集耕种，或者是出卖劳动力给经营地主，帮助他们进行专业化的农业生产，例如种植棉花等高经济作物。其结果，华北农村由于新一轮的分配不均，导致一部分经营地主变得愈发富裕，而更多的农民则沦入贫困化。

有趣的是，同样是利用满铁资料研究中国农村，当马若孟1970年出版《中国农民经济》时，当时的美国学界批评他过多地使用了日本人的资料，而当黄宗智1985年出版

《华北的小农经济与社会变迁》，学术界又称赞其方法创新、见解独到。到了20世纪90年代，绝大多数历史学家又认为马若孟对史料的运用是准确的。1999年《中国农民经济》由江苏人民出版社出版中译本时，马若孟专门为此版本撰写了一个前言，开篇就引用了马克思·韦伯的话："一个人对人类知识的科学贡献在5—10年中就会被修正或被他人的贡献所取代。"马若孟又进一步指出："当本书在美国接受评论时，一些批评家认为其结论是错误的，因为有太多的证据来自日本人做的华北农村调查。而当黄宗智和杜赞奇等学者利用这同一批日本人的资料做出他们对华北农村经济与社会的历史阐述时，学术界却称赞他们的著作新颖独到有开创性。现在绝大多数史学家都同意，第二次世界大战以前日本人做的农村调查为理解20世纪初期的中国社会留下了十分宝贵的历史资料。在这一意义上，本书对史料的运用证明是准确的。"

这些学术争论，经过岁月的沉淀，我们看到的是学者们对于研究方法的不断反思；而不变的是他们对于中国现代化道路的持续探索。无论是分配理论还是折中理论，理解中国近现代经济发展，必然要在一手档案资料和史料的基础之上进行实证研究，而非带入先入为主的意识偏见，这才是一名优秀学者的本色。

三

2011年夏天，我结束了在斯坦福的研究生学习，即将前往牛津开始一段新的旅程。彼时我还不知道其实一年后我就会再回到斯坦福继续博士论文的撰写，以为这一别就是永远。

离别是伤感的。胡佛研究所的郭岱君和林孝庭两位老师一起为我饯行，马若孟也坚持要参加。他的身体已经很不好，记忆力也大为衰退，常常会忘记要做的事情，因此大部分时间都住在离学校不远的一个安老院里。医生不许他开车，我们想开车来接他，他又坚决不肯，一定要自己坐巴士过来。

我们一起在斯坦福商学院的餐厅吃午饭，马若孟依旧矍铄干练，他笑着跟我们说，他现在虽然记忆力不如以前，但还可以打网球、做运动。老马识途，来回斯坦福的路总归还是记得的。在谈话的空隙里，郭岱君偷偷告诉我，其实现在的老马只能记得固定的几个上下车的巴士站点，如果多走几步到了下一个站点，他就不记得该怎么回去了。但他一定要坚持过来送行，因为这是对于一位年轻学者即将开始的学术远行最大的鼓励。

吃完午饭，我们想开车送他回去，他又坚持拒绝，仿佛要证明给我们看，他的身体依旧硬朗。我们陪他在他之前下车的巴士站等车，车子慢慢停下来，我们看着他上车。他回头向我招手道别，"老马识途，我记得应该在哪一站下车。到了牛津，请继续来信分享你的研究进展"。

2012年的秋天，我回到了斯坦福，正式开始进入到博士论文的研究工作中，又可以常常和师友们在胡佛研究所相聚，再次听马若孟讲述他如何老马识途。2014年的春天，我申请到斯坦福亚太研究中心的博士后工作，但前提条件是我必须在当年的九月份完成博士论文的答辩，这就意味着我必须最迟在当年的七月份提交博士论文的最终稿。压力和挑战同时向我袭来，让我一时慌了阵脚。知道这个情况之后，住在安老院的马若孟主动提出，将他在胡佛研究所的办公室让我使用，这样我就可以有一个完全独立的学术空间，心无旁骛地投入到论文撰写之中。

马若孟的办公室在胡佛研究所的拐角处，因此比一般的办公室多出一个纵深的延展空间，可以将两把椅子拼接在一起，每日在上面做简单的午休。办公室有两块巨大的落地玻璃窗，可以看着窗外加州明媚的阳光，从茂盛的树叶缝隙间筛落下来，影影绰绰。我把论文所需的所有档案、文献、书籍堆在办公室里，开始完全沉浸到中国社会转型和冲突的历史情境之中。时间被我切割成一段一段：每日9点起床，10点之前进入办公室，上午工作到1点，然后简短的午饭；下午一般从1点半工作到3至4点，然后会有一个短暂的午休，午休之后接着工作，一直到晚上7点，再去吃晚饭，饭后在校园散步。晚上从8点继续工作到11点，再离开办公室。回到寝室洗漱完毕后，接着工作到凌晨2点，再进入梦乡。第二天再周而复始，从未间断。

如此几个月苦行僧般的学术写作之后，博士论文终于大功告成。在马若孟的嘱托之下，我开始帮助他整理办公室内的藏书、工作笔记和私人物件。我的面前，突然呈现出一位学者一生的全部学术历程，就如同老式电影放映机一般，一帧一帧地在办公室不同的角落里闪回出耀目而又温情的片段。我看到他身着博士袍的博士毕业照片，他和好友，伦敦大学亚非学院中国研究中心艾诗教授（Robert Ash）长达二十多年的信函来往，还有2012年末他亲笔写给所有师友的告别信，信里简短回顾了他这一生的学术工作，他在末尾写道，"我亲爱的朋友，这将是你们收到的我的最后一封信函，非常感谢大家"。（This letter will be my last letter to all of you. Many thanks to all of you.）

学术的生命，似乎就在那一刻，在那一间办公室，获得了新生般的延续，如此蓬勃，如此激昂。

四

2015年11月18日，86岁的马若孟教授安静地离开了他所挚爱的学术世界。他生前所撰写的众多论著、工作笔记和研究手稿，作为学术遗产被永久收藏在胡佛档案馆，成为下一代学者深度探寻东亚现代化变迁的珍贵档案，并将会继续影响未来更多年轻的学人。

老马归途。

□ 评 论

海漆林中的舞王

撰文　包慧怡

一　盲者和红树林

> 人类事物或制度的次第是这样：起先是森林，接着就是茅棚，接着是村庄，然后是城市，最后是学院或学校。
>
> ——维柯《新科学》(*Scienza Nuova, 1725*)

起先是森林。

很久以前，在时间开始流逝（它总是流逝）却尚未被编年的时代，距离孟加拉湾仅12公里的一片红树林中，一群弥曼差派智者精心盘起他们的发髻，一丝不苟守护着祭火，齐声唱诵《吠陀》中的祭祀歌。"吠陀天启，祭祀万能，婆罗门至上"，这些弥曼差派智者相信追寻真理的根本方法在于祭祀——弥曼差（Mimamsa）意为"探究、追寻"——吠陀圣言即真理所在，而严格遵照吠陀仪轨进行祭祀和祈祷，他们说，是接近真理的唯一道路。

海漆树摇摆（这片红树林主要由这种大戟科常绿乔木构成），在常燃的祭火背后颤动，轮廓模糊如蜃景。智者们的妻子在林中等候，躲避正午毒辣的日头。此刻，一名周身洁白的行者从祭坛前走过，他看起来无忧无虑，俊美无双，并且一丝不挂。树荫下的妻子们无法不去注视这完美的躯体，连智者们自己都忍不住用目光追随他的身影。

接着他们感到了愤怒、羞耻和难以遏制的嫉妒。这个人为什么赤身裸体从女人面前经过？无论他是谁，他都玷污和破坏了神圣的祭祀，不可饶恕！智者们用咒语从祭火中召唤出一头猛虎扑向行者，可是他看都没看一眼，一把抓过老虎的下颚，活剥了这头猛兽的皮，随手把还在滴血的虎皮围在了腰间；智者又从祭火中召唤出一条毒蛇游向行者，然而他仍未停留，只是徒手高举蛇身，漫不经心地在脖子上盘了几圈，蛇不再吐出鲜红的信子，却在他头顶张开了保护的冠冕；智者们最后从火中召唤出了凶悍的阿修罗，这侏儒似的愚魔还没来得及攻击行者，就被他径直踩在了脚掌下。接着，行者摇起手鼓，踏在愚魔背上跳起了舞。这舞蹈震撼三界，日月星辰为之失色，智者在恐惧中匍匐于地；同时这舞蹈又欢畅淋漓，见者忘忧，仿佛在韵律的狂喜中与天地合一。这是无忧坦达瓦（Ananda Tandava），刚健之舞，极乐之舞，兼具毁灭与创生二性之舞——天地间只有一人可做此舞——密林中，以舞者形象出现在弥曼差智者面前的，正是宇宙之主湿婆本人。

　　弥曼差智者们明白了自己错得有多离谱：万物的主人怎可能觊觎凡人的妻子，他不着一丝只因为他是天真之主，不明白衣饰妆扮这些由文化构建的观念。事实上，他不需要他们自以为占有的事物——妻室子嗣、社会关系、财富权力甚至知识本身——因为他就是一切知识的直接来源，他的知识不是商品，无须也无法通过祭祀仪式来交换，因此他当然不会多看一眼他们引以为傲的祭坛和坛中的祀火。他慷慨而无偿地传授他的知识，也就是通过他的舞姿：不同于一段教诲或一本经典，舞蹈同时在时间与空间两个维度展开，是智慧的具象化的道成肉身。智者们面前的湿婆仿佛幻化出众多手臂，但右手掌又确凿地向外张开虎口：此为施无畏印（abhaya mudra），最古老的手印之一，授予人们战胜真实或想象中恐惧的信心；他的左手如象鼻般指向自己抬高的左脚尖，此为大象势（gaja hasta）；右腿踩在象征遗忘和无知的愚魔（apasmara）背部，愚魔呈现沉睡或伸手玩蛇的姿势，脚踩愚魔的湿婆因而被称作斯马兰塔卡（Smarantaka），"摧毁无明和虚幻记忆的人"。只见他越踏越快，舞之若狂，手脚的动作不再能被清晰分辨，犹如这瞬息万变的世界本身；长发向空中四散，恒河的瀑流在其中飞溅；环绕他因高速运动而看似虚焦的身躯升起了一轮圆形火焰，智者们在其中看见了流转不息的轮回（samsara）

本身，这烈焰的巨轮不断被舞者破坏又不断再生。

他们知道，宇宙真相之门就在此刻向他们敞开了一角。此前他们从来就不是智者，而是一群受制于恐惧的可怜的盲目者。

以可视的舞蹈示现真理的湿婆得名舞王（Nataraja），上述他的标志性舞姿"惊蛇式"（Bhujangatrasita）成了历代南印舞王像的原型，在朱罗王朝的青铜工艺中臻于完美。那些新近走出盲目状态的智者的后代中，有一位钵颠阇利尊者从中得到了修行解脱的洞见，写作了古印度瑜伽派哲学的根本经典《瑜伽经》（*Yoga Sutras*）；另有一位婆罗多尊者从中得到了艺术灵感，写出了古印度最早的古典文艺理论著作《舞论》（*Natyasastra*）。

起先是森林，无知的森林，弥曼差智者们新近从中走出的盲目之林。在滨海的泰米尔纳德邦，传说中的森林是一片红树林，确切地说是海漆树林。生长在海陆之间过渡湿地的海漆树（thillai，学名Excoecaria agallocha Linn）又名"河毒树"，其乳白色树液有毒，能杀死涨潮时分游过树根的小型鱼类，灼伤人类的皮肤，不慎入眼则会使人暂时或永久失明。海漆树林因而在泰米尔语中被称作"乳白色的红树林""使人目盲的树林"或"黑暗森林"。

湿婆曾经起舞的地方建起了神庙，现在这座神庙的全名是海漆舞王庙（Thillai Nataraja Temple）。舞王庙曾被茂密的海漆树包围，在漫长的岁月中，森林被砍伐或焚烧，为不断扩建的神庙清出了空地，形成了驰名南印的神庙镇吉登伯勒姆（Chidambaram，另写作 Citambaram）。如今，海漆树最密集之处退到了吉登伯勒姆15公里之外的皮查瓦蓝湿地，那里是世界上第二大的红树林区，被1100多公顷深入水中数尺的海漆树覆盖。

而吉登伯勒姆，这座面积不足5平方公里，距孟加拉湾仅12公里的小镇，平时鲜有游客，印度人来此的唯一理由就是觐见"舞王"，或参加舞王相关的各类节庆。今天，它仍以海漆树林为环带，仍被湿地沼泽围绕。Cit意为"智慧、觉知"，ambaram在梵文中意为"氛围、空间"，在泰米尔语中却指"厅堂"，两者取其折中，"吉登伯勒姆"这个名字大致可以意译为"觉知之境"。

二　午夜南下的火车

在夜幕降临之际登上火车，把冰冷骚乱的城市关在卧铺车厢外，知道明早醒来出现在眼前的将是另一个纬度的世界——旅行中没有什么比这样的时刻更完美。我可以抛下一切，换取南行快车上的一张卧铺。

——保罗·索鲁《老巴塔哥尼亚快车》

（*The Old Patagonian Express*, 1979）

火车是一种流动的地貌，关于一种文化，火车内的经验能告诉你的一点不比车外少。作家们热衷于歌颂火车旅行之美，世界各地莫不如是。印度除外。

让·科克托笔下不堪回首的记忆颇具代表性，那是20世纪30年代，他和伴侣从孟买搭乘普通快车前往加尔各答："印度的烈焰把玻璃、金属和火车车厢烤得滚烫发白，车内的温度升高到令人想吐的地步，电风扇搅动着浆糊般黏稠的空气，根本不起作用。事先无人提醒我们要提防这种煎熬……醒来时浑身结了一层灰蒙蒙的硬壳，嘴里、耳朵里、肺里、头发里全是沿途周围地区烧火产生的灰末"（《我的第一次旅行》，1937）。如今，只要你愿意多花一点钱买空调车票（并且买得到），炎热似乎不再是问题。但印度国家铁路局（IRCTC）仍然为你准备了种类丰富的挑战，尤其在普遍没有英语标识的南印，能顺利坐上预订的火车、在差不太多的时间抵达目的地很像一场大师模式的通关游戏——关卡重重，自带DLC（游戏扩展票）的那种。

南印的火车不报站，到站不自动开车门，从不准点，车厢内也没有任何可视的到站提示，所以，深夜在吉登伯勒姆这样的乡村小站下车，成了一件比买到车票更挑战实力和运气的事。至于买票系统的复杂程度就不用赘述了——光等候票（waiting list）就有20多种不同性质，各自顶着扑朔迷离的缩写代号，入选几率取决于前面乘客的退票几率，直到最后一刻钟都可能剧烈变动，比高考揭榜还刺激。我们后来从马杜赖去迈索尔时不幸只买到两张"远程局部可控卧铺等候票"，晚上6点出发的火车，下午3点上车率还是比较令人放心的92%，到了4点突然一路直降到56%——因为紧接着还要坐飞机去马哈拉施特拉邦，只觉得心脏病都要犯了，结果就是不停拿着手机刷印铁的app，直到5点时上车率又可喜可贺地飙升到94%，最终还是平安上了车。现在回想起来还是心惊不已。

然而去吉登伯勒姆的火车又是别种刺激。我们提前一小时抵达发车点金奈伊格摩（Egmore）火车总站——金奈（旧称马德拉斯）是南印泰米尔纳德邦首府，伊格摩是可以媲美新德里或孟买的大站——按照车票上显示的站台候车，但距离开车只剩半小时了，指示牌上却没有目前这趟车的信息。乘务室里没有人，随便找了一名戴眼镜的男青年乘客询问，报上车次后，他掏出手机，一边做了个"您呐放心"的手势，一边娴熟地在首页点开了一个app，app的全名叫作"我的火车在哪里？"（Where Is My Train?）⋯⋯那一瞬间我产生了哭笑不得的魔幻感。不过这个app看起来倒十分专业，男青年一脸忧心地说："你们得跑跑了，那趟车临时换去了火车站最远那头的站台。"匆匆谢过他，我们搬着两个各20公斤的大行李箱一通猛跑，跨过路障，翻过天桥，一路磕着轮子下楼梯（电梯在南印火车站基本不存在），终于赶在发车前一刻钟跑到站台，我怀疑自己的肺已经呕在半路了。那儿确实停着一列黄绿相间的火车，但车头没有写终点——写了也没用，整辆车没有任何英语标识，全部都是泰米尔语——而唯一能看懂的五位阿拉伯数字车次并不是我们要赶的那一趟。谢老师和我立刻分工往两头跑，一节一节车厢查看车次，果然印证了心中不祥的预感：每节车厢标识的车次竟然不一样……就在几近绝望之时，谢老师拼命朝我挥手，原来就在开车前5分钟左右，有个列车员用一张皱巴巴的A4白纸，换掉了某节车厢夹在两层窗玻璃之间（没错！）的车次号。几乎是凭着奇迹般的直觉，他发现新换上的A4纸上用黑色马克笔写着5个小小的数字，正是我们的车号。

坐上车放好行李，我依然百思不得其解，别人是怎么迅速找到自己的车厢的？一列车按说只有一个车次号，那串逐节车厢变化的数字又是怎么回事？谢老师提醒我集中精神应付下一个挑战：没有报站，如何知道几时下车？他已飞速下载好了"我的火车在哪里？"根据上面的显示，火车到达吉登伯勒姆的时间会晚点30至40分钟（这对动辄以小时计算晚点的印度火车已是不错的情况），只停留一分钟。此刻窗外已漆黑一片，停靠了几个小站，外面都伸手不见五指，根本看不见站牌（看得见也没用，只有泰米尔语）。由于是深夜的卧铺车，刚才我们已经答应了同车厢一对要坐到终点站的年轻夫妇换座，现在夫妻俩分别抱着一个孩子，已经在面对面的上铺入睡。我们在熄灯后一片漆黑的车厢里战战兢兢坐在下铺，一边和积攒了几天的困意斗争，一边盯着谷歌地图，用地理位置来帮助判断还有多久需要准备下车，两个人轮换着闭一会眼睛。就这样，大约凌晨两点时，当地图显示我们正接近吉登伯勒姆周边标志性的红树林湿地时，我们睡眼惺忪地把箱子从床底拖出来，站到了车门边。列车停了，没有别人下车。谢老师使出全身气力掰开了老旧生锈的铁车门，我们心一横，朝向茫茫夜色的深海，跳下车去。

站台极其简陋，只是一个露台凉棚，依然没有站牌，没有任何指示。但是不远处有路灯，并且路边停着两三辆破旧的突突车。大约在火车开走5分钟后，我们终于从突突车司机口中确认了，没有下错站，这里的确就是神庙之镇吉登伯勒姆。

起先是森林，接着就是茅棚，接着是村庄……

说是神庙镇，其实只是个人烟稀少的小村庄。此前我在booking上订酒店，发现可以预订的只有两个选项：一是一家三星级标准酒店，应该可以24小时办理入住，但评分只有10分制中的3.7分，所有住客不是抱怨浴室没热水，就是抱怨地板上有肥大的蟑螂，附上惊悚的照片。另一家是民宿，评分是高得惊人的9分，房东米纳克希先生是大学退休教师，住客的评语是清一色的赞誉之词，只是最晚的入住时间是晚上10点。我抱着试一试的心态给房东写了邮件，询问凌晨抵达是否有可能，很快就收到了回复，语气热情洋溢，附上了手机号码，大意是让我上火车后发短信或者电话他，他可以安排人到车站来接。

简直要感动哭了。可是最后火车晚点了将近一个小时，在车上我就短信房东说会迟到，请他不必来接，我们自己打突突车过去。没有收到回复。现在，突突车在泥泞的乡间小道上曲里拐弯了一刻钟，终于把我们放在了一栋夜色里看不清轮廓的三层小楼面前。我掏出手机，觉得这个时辰实在不好意思给人打电话，但荒郊野外的，连只鸡都看不见，除了草丛里的虫鸣外，世间仿佛只剩了我们和我们的两个箱子。实在困得站不住了，我拨通了房东的手机。

三楼很快亮起了一盏灯。过了几分钟，一位身材宽胖的老先生穿着条纹睡裤下楼，为我们打开院子的大门，给了我们钥匙，把我们邀进了预订的房间。

我们千恩万谢。房间里没有淋浴，浴室里只有一个大水桶，里面飘着一个碗。给水桶里放上新的水，拿着碗从桶里往身上泼水，就算洗完了澡。头沾上枕头的瞬间我便沉沉睡去。

我愿混迹在如此遥远的南方
那里的雨水如同玫瑰
含苞待放。

/

路易斯·塞尔努达

三 《舞论》一百零八式

> 诃罗（湿婆）以脚掌摧伏山峰，他搅动生灵居于其间的
> 乳海，愿他的永远令人欢喜的刚舞保佑你！
>
> ——婆罗多《舞论》（约公元前6世纪）

由于天气炎热，南印许多神庙奉行"两段式"的工作时间：清晨至正午12点，下午4点至深夜，日头最烈的4个小时不对外开放。抵达吉登伯勒姆第二天一早（其实是当天啦），我们徒步前往海漆舞王庙，镇子很小，全部道路都通向这座"庙中之庙"，拐过两三条巷道，走了不到一刻钟就到了神庙的东塔门前。

直接被东塔门震撼了。并不是被瞿布罗的宏伟气势——42米高的塔门在南印排不上号，此后我们造访的崔奇镇会堂之主神庙的"王者瞿布罗"足有240米。代表了达罗毗荼神庙筑造巅峰的朱罗王朝于13世纪覆灭后，后继的潘迪亚朝国王、毗奢耶那伽罗朝国王及纳亚克诸王公们自知无法在建筑工艺美学上超越朱罗朝，开始在院墙外穷奢极欲地建起越来越高的塔门（gopura，"瞿布罗"）。他们命建筑师在长方形基座上堆叠七层或更多层角锥塔楼，饰以巴洛克风格的繁复神像群。由于每代王公都在前人的基础上扩建神庙，清一色铆足了劲做加法，于是塔门的角锥

楼部分越修越高，用色越来越花哨艳丽，每一寸可被填入神像的地方都被填满，放不下神像的地方也要见缝插针地嵌入国王或赞助人自己的造像。结果就是，塔门成了中世纪晚期南印历代统治者的炫富竞技场，一些入口处的塔门甚至超过了神庙主塔维摩纳的高度，可谓喧宾夺主。另一方面，由于南印历史上从未有过一统天下的中央政权（最接近统一南印的就是朱罗王朝），各地王朝更替频繁且常有疆域重叠，把前朝的古老神庙建得更高更华丽，成了君王宣示礼仪主权的最直接的方法。急功近利之下，塔门角锥楼上密密麻麻的灰泥雕塑质量参差不齐，涂料剥落严重，用色太过繁丽，整体风格不够和谐，也是常有之事。就这几点而言，海漆舞王庙这扇约建于1200年的（恰逢朱罗与潘迪亚政权交迭之时）东塔门的角锥设计仍属良品。

但震撼我的并非角锥楼上的灰泥彩塑，却是其下开在矩形基座上的两扇巨大石门。只见众多20厘米见方、从花岗岩中凿出的小神龛分作数列，从仰头难见的高处一直到我们脚旁，规整地排布在两扇石门上，神龛里各有一尊姿态万千的舞者深浮雕，向进入神庙的众生演绎着《舞论》中由湿婆向婆罗多尊者（Bharata Muni）传授的一百零八种基本舞式，也就是一百零八种"坦达瓦"（Tandava），即"刚舞"。始于"献花式"而终于"恒河降凡式"，这一百零八种刚舞基本动作也构成了今日印度国宝"婆罗多舞"的基础。常任侠在上世纪50年代曾注意到中印舞乐艺术的交流和相互吸收:"中国在汉代以前的古舞,分为文舞、武舞,到唐代却分为软舞、健舞……健舞的名称,我曾在古梵文中找到根源。梵文健舞的姿式,叫作Tandava-Laksanam,在古梵文《乐舞论》中,有一章专门论述这个问题……这些健舞的姿式,在今日京剧舞台的武打场中,杂技场中,尚有不少存在"(《中印文化的交流》)。反过来,常先生也提到了《秦王破阵舞》在印度的传播,这类双向输出与反刍古已有之,他笔下的"健舞"即《舞论》中的"刚舞"。相对于意在唤起艳情味的"柔舞"(Lasya),刚舞动感强烈,节拍鲜明,以吉祥歌(vardhamana)伴奏,常用以礼赞天神,两者合称"纯舞"(Nritta)。刚舞/坦达瓦得名于湿婆的随侍荡督(Tandu),据婆罗多在《舞论》第四章中记载,当初自己与梵天去向湿婆请教舞艺,湿婆正是唤来荡督,代为向他们展示一百零八种基本动作和三十二种组合动作。并且由于婆罗多聪敏好学,大天(Mahadeva,湿婆别称之一)还给发了奖,请自己的妻子大女神帕尔瓦蒂额外给他传授柔舞,这些动作都被记载在《舞论》之后的两本重要梵语文艺理论著作《表演镜》(Abhinayadarpana,作者喜主)和《乐舞渊海》(Sangitaratnakara,作者神弓天)中。

颇有些神奇的是,吉登伯勒姆舞王庙东塔门上的刚舞一百零八式却是由女性舞者表演的。只见她们在各自的小神龛内三人一组，高冠严饰，体格丰满，由居中央者领舞，以花岗岩身躯幻化出万千舞姿：翻若惊鸿的飞鸟式、婉若游龙的曲蛇式、惊心动魄的藤蝎式、诙谐欢快的孔雀式、端庄持重的象嬉式、雄浑有力的鹿跃式……当然，也少不了湿婆最初向弥曼差修行者示现的标志性舞姿"惊蛇式"。就在这最刚硬的介质上，在一钎一锤数不尽的凿痕中，宇宙成住坏空的秘密一幕幕在眼前展开，不仅通过石匠从岩壁深处召唤出的静态舞式，更通过一招一式之间的留白，任观者畅想在时间起点催动这些石头肢体的戏剧和情味。古诗中舞王的教导似乎近在眼前："'女神啊，看着我！手臂要摆成这样，/身体这样，弯腰别过分，脚趾并拢'……愿他有节奏的击掌声保佑你们！"从迈入这两扇众生齐舞的巨门那一刻起，我开始明白何以泰米尔纳德邦（Tamil Nadu）的人们相信世界是由湿婆的形体幻化而来；何以喜主（Nandikesvara）把一场盛大的舞会比作缤纷琳琅的如意树，以吠陀为树枝，以经论为繁华，以智者为蜜蜂；何以婆罗多在《舞论》开篇（第一章第14—15节）振聋发聩地将舞蹈称为四大吠陀之后的新吠陀：

让戏舞（Nāya）成为第五吠陀！
与史诗故事一起，

照看美德、财富、欢乐与精神自由，
它必然包含一切经典的要义，
催生一切艺术。

实际上，《舞论》是一部无所不包的古典美学百科全书，除舞蹈和舞台祭仪外，另有论述音乐、诗律、建筑、戏剧、舞美、服饰等各大艺术领域的专门章节，并在第六至七章提出了对后世产生深远影响的"味"（rasa）论和"情"（bhava）论，堪称广义上的梵语文艺理论——诗学论著之源。后世的古典与中世纪梵语诗学著作如《诗庄严论》《诗镜》《韵光》《十色》《曲语生命论》《诗光》《广域乐论》《乐舞蜜》《乐舞渊海》《舞论注》《剧相宝库》《舞镜》《情光》等无不在《舞论》的基础上，或与之整体对话，或取其一脉阐释并创新，从著作标题也可以窥见些许这类文艺理论思想发展的脉络。老一辈梵语学者如黄宝生、金克木先生，当代学者如尹锡南等都曾将这些作品的节选译为中文。

但《舞论》的作者婆罗多尊者显然是个半传说式人物，以至于学界对《舞论》写作年代的推断前后差了一千二百年（公元前6世纪至公元6世纪），近十年来才谨慎地将时间范围缩小到公元前2世纪至公元2世纪之间。最早明确提及《舞论》的梵语文献是《室健陀往世书》（Skanda

Purana），后者因而常被拿来为前者断代。问题是包括《室健陀往世书》在内的18部"大往世书"（*Maha Puranas*）的成书年代同样扑朔迷离，就如它们共同的托名作者毗耶娑（*Vyasa*）的生平一样不可靠 —— 毗耶娑还被托名为大史诗《摩诃婆罗多》的作者。这就好比试图靠一位传说中的作者的一部不断被后人增订的传奇著作中的"事实"，去确定另一位传说中的作者及其代表作的相关事实，以谜探谜，如同关于此地的一切。

四 空林伽、裸体朝圣与劈腿舞

> 皋丽在欢爱时取下湿婆髻顶
>
> 装饰的明月，佩在自己发间
>
> 问他：我是否美丽？湿婆
>
> 答之以吻。愿这吻护持吾等！
>
> ——檀丁《诗镜》（*Kavyadarsha*，公元7世纪）

起先是森林，接着就是茅棚……

仍是在某个不可考的时间缝隙中，仍是在吉登伯勒姆的海漆森林中，两名修行者钵颠阇利尊者和虎足仙人在一潭莲花盛放的水池边邂逅了。两人来自不同的方向，怀抱同样的目的：祈请湿婆"再现"曾向弥曼差智者开示的极乐之舞。两人都得到神谕，海漆林中的这座莲花池就是预言中的圣地，池中有一尊"自显林伽"（Svayambhu Linga）——不凭借人力建造而天然出现在自然界中的林伽。于是他们在池边建了茅棚，开始了夜以继日的苦修，并一刻不停地向那座林伽祈祷。最后，湿婆被两人的苦行取悦，不仅以舞王形象现神于莲花池畔，还答应持续以此形象驻留于吉登伯勒姆。今天，这座自显林伽被保存在舞王庙圣水池南岸一间偏殿的小型胎室（garbhagriha）里，胎室前方的半柱厅内，钵颠阇利尊者和虎足仙人的雕像仍保持着双手合十的祈请姿势。

但是，吉登伯勒姆的舞王庙之所以驰名南印，恰恰因为它的主位被拜物并不如绝大多数湿婆神庙那样是象形的林伽——圣水池边的偏殿极不起眼，大部分香客从来都不会路过那里——而是湿婆本人的舞王形象。舞王庙真正的核心部分不是通常湿婆神庙中供养林伽的胎室，而是一座中央大厅——确切地说是舞厅（sabha），一座以纯金为顶、供奉舞王的"觉知之厅"（Cit Sabha）。在这座觉知之厅里供奉着三种形式的湿婆：一尊作为"有形者"的舞王雕像；一座作为"无形之形"的透明的水晶林伽；最后是作为"无形者"的"空林伽"（Akasha Linga）。

南印"五元素林伽"中，我们此前在建志补罗的芒果树神庙亲眼见过"地林伽"，但吉登伯勒姆的空林伽不是一座实体林伽，据说仅由一个曼荼罗图形来象征，隐藏在舞王像旁边一道外黑内红的挂帘背后，朝圣者少有人能看真切，因而得名"吉登伯勒姆的秘密"。空林伽展现的"空"是空空如也的空，也是空间的空，是了无痕迹的空无，也是遍布宇宙的第五元素"空"或"以太"。古典梵语文献中，约作于公元前7至公元前5世纪的《泰帝利耶奥义书》（*Taittiriya Upanishad*）中将空元素列为五大原初质料之首，"空"甚至被看作人的起源："从空中产生风。从风中产生火。从火中产生水。从水中产生地。从地中产生药草。从药草中产生食物。从食物产生人。"空生万物，万物却难以理解空，"吉登伯勒姆的秘密"或许正是一道为众生准备的考题，一种"猜猜我在哪"或"说出我是谁"式的斯芬克斯之谜。

　　而我们一上来就一败涂地——我们迷路了。从东塔门进入神庙后，我试图遵循典型早期达罗毗荼神庙的线性空间，自东向西一路走到神庙的核心区域，却发现自己在一道道幽黯的长廊和一座座宽绰的厅堂之间鬼打墙：此地没有笔直的朝圣路，没有一目了然的觐见路线，目力所及只看见层层叠叠的院落以及摩肩接踵的人群。舞王庙虽然初建于9世纪之前的朱罗王朝，却经过了后世各朝王公的不断扩建和叠加，逐渐形成多入口、多进深、众多柱厅与回廊彼此嵌套的迷宫式结构。我们多次绕行穿过四周的主厅

堂：王者之厅、提婆之厅、百柱之厅和黄金之厅，依然如
丢失了线团的忒修斯，不知该继续向哪个方向深入中心。
南印的英语普及率远不及北印，问路难度比较大。好不容
易看到旁边一对游客模样的夫妇正向彼此说着法语，我赶
紧挤过去，用处理不了专名的法语狼狈地打听："您知道
'觉知之厅'在哪吗？就那个……最中心的舞厅？……就
那个有舞王的大厅？"

"我们也找了快半小时了，"妻子摊手，"全是人，什
么都看不清。"

丈夫补充："都是因为丰收节"，一边不停地擦汗。

我才想起现在还在丰收节（Pongal）节庆期间，可能
半个小镇上的人今天都聚集到了舞王庙里。

丈夫又说："但是我们现在站着的大厅，好像就是跳舞
大厅？刚才给我指路的婆罗门说的。这里应该就是湿婆和
他太太一起跳劈腿舞的地方。"

我笑了。原来这里就是"纯舞之厅"（Nritta Sabha）！
丈夫说的没错，这里是传说中湿婆和帕尔瓦蒂（Parvati）
比舞的地方，也是各类旅游手册里广为宣传的"湿婆耍流
氓"的现场，不过真正完成了"劈腿"的只有大天一人。
缘起于湿婆与帕尔瓦蒂夫妇几亿次争吵中的一次，双方最
后决定用跳舞来裁断家庭纠纷。湿婆飞起一脚踢出了"朝
天坦达瓦"（urdhva-tandava），右脚直接劈过了头顶，但

帕尔瓦蒂此刻是厅堂里的主妇，是被家庭生活驯化的皋丽（Gauri，"白女神"）而不是旷野里狂暴桀骜的伽梨（Kali，"黑女神"），作为人妻的女神拒绝做出这样羞耻的"朝天劈"，于是输掉了比赛。如此胜之不武，想必又是大天的神圣理拉[1]了。

　　我知道"觉知之厅"就在纯舞之厅对面，据说没人的时候，从纯舞之厅的柱廊就可以望见觉知之厅内的舞王，然而此刻目力所及唯有头顶而已……直到谢老师终于发现了觉知之厅醒目的金顶，以及站在台阶下收香火钱的祭司。原来今天来"觌见"（darshan）舞王的人实在太多，即使要收费，小小的觉知之厅外也被排队的人围得密密匝匝，难怪我们经过几次都错过了。入厅"觌见"的门票是100卢比一人——倒是少有的印度教徒与非印度教徒同等价格，此厅相当于普通南印神庙中的胎室，而胎室一般对印度教徒是免费开放的，足见舞王庙香火之旺。我们在毫无遮挡的达罗毗荼烈日下围绕觉知之厅排了半小时队，终于来到了入口的台阶前。本以为"空"之考验即将终结，不料看守入口处的祭司直接对我挥手，用英语说了句："Off with your clothes！"（脱掉你的衣服！）

1　理拉（Leela），梵文"戏剧"，尤指主神为教化世人而示现的种种世俗情态，包括家庭纠纷。

　　我大惊失色，下一秒才反应过来，这道命令是下给身后的谢老师的：男性需要脱掉上衣，才能进入这相当于教堂至圣所（sanctum sanctorum）的中央舞厅——难怪前面几个跳上台阶的汉子都打着赤膊，我还以为他们只是不耐热——这习俗真是新奇，和其他宗教的礼拜场所要求进入者盖得越严实越好的逻辑背道而驰。谢老师略一迟疑，果断从早已湿透的T恤里金蝉脱壳，抄着衣服挤进了觉知大厅里光膀子香客的队伍，大概"赤膊条条任去留"也是觐见空之林伽前必要的心理建设吧。只是这样一来，本就逼仄昏暗的厅堂里更是充满了汗臭、檀香与浇祭用的牛奶混合的不可言喻的气味。

　　刚腾挪到内殿，只见两道铁栏杆隔出中央的祭祀通道，顺便分开了男女，我立刻被挤进了纱丽和肉体的汹涌波涛之中，因为个子矮而几乎喘不上气。努力调整气息之时，突然听到对面栏杆里的谢老师一声惨叫，原来排在他身前的一名相扑运动员级别的裸体壮汉突然一抬胳膊肘，直接命中了他的太阳穴。在一片前胸贴后背的肉山肉海中谁都看不清谁，此刻相扑运动员正在向旁边不相干的人道歉，无视痛得蹲在地上捂脸哀嚎的谢老师。我知道我应该远远表达同情，鼓励他爬起来继续朝圣，但此情此景实在太过荒诞，我忍不住哈哈大笑起来。几年前，我们在伊朗圣城马什哈德的什叶派第八伊玛目礼萨的墓前也经历过被朝圣的人群分别挤掉罩袍和眼镜的惊险，然而在这湿婆派信仰的千年圣地，看来我们还是低估了用生命去"觐见"所需要的觉悟。

好在前方有祭司主持秩序，分段放行，没多久我终于来到了舞王像前，并被允许在一个短光明礼（Aarti）的过程中立定不动。只见舞王被几十个厚重的节日花环裹得严严实实，几乎看不出黑色的本体，旁边小一些的同样淹没在花环中的立像是雪山女神帕尔瓦蒂，在此，女神作为"美丽的舞王之妻"（Sivakami Sundari）和夫君一起被崇拜。舞王脚下有一个非常小的透明林伽，想来就是那座被称作"月顶饰之主"（Chandramoulisvara）的水晶林伽了——据说它是从湿婆发间佩戴的新月落下的碎片形成的，介于有形物与无形物之间。舞王的另一侧果然垂着一道看起来非常厚重的黑色帷幕，木橘叶串成的橙色穗子在帷幕前飘摇。一个祭司手捧金盘依次向香客的前额抹上圣灰，内殿里回响着仿佛来自地下深处的Om Namah Shivaya（礼赞湿婆）的吟诵声。

几乎就在我眼前，站在帷幕边的主祭突然抬起手打了一个响指，刹那间，密不透风的黑色帷幕被人从内翻起，露出了内里的红色，以及背后黑色的幽深空间。下一秒，木橘流苏闪烁，黑幕再度落下，一切复归从前。人群骚动，响起了高低参差的礼赞大天之声。黑色是无知，红色是觉醒，我们刚才在"觉知之厅"最深处瞥见的，是宇宙创生的奥秘吗？是这奥秘在一个翘曲时空中浓缩的隐喻吗？是类似于禅宗公案击竹悟道的又一道谜题吗？是无踪可觅又无处不在的"空"的示现吗？我没有答案，也从未期待顿悟，但至今仍记得那个被樟脑、焚香与汗臭填满的晦暗空间里，心脏在瞬间停拍的声音。

五　失落的珠串

> 为掌握音和义，我敬拜
> 帕尔瓦蒂和大自在天，
> 他俩是世界的父母，
> 紧密结合如同音和义。
>
> ——伽梨陀娑《罗怙世系》
> (*Raghuvamsa*，公元5世纪)

从舞王庙出来，我们顶着午后毒辣的日头走回民宿，周道的米纳克希先生已经代为叫好了去下一个神庙小镇贡巴歌纳姆的车。他的妻子为我们端上了一种加了蜂蜜与薄荷叶的蛋清饮料，看似甜腻，入口却意料之外地解渴。在等车的一个多小时内，我们终于有机会在他放满书架和奖杯的客厅里坐下拉拉家常。原来米纳克希先生刚从安纳马莱大学工程学院退休两年多，有力学和水文学两个专业的博士学位，安纳马莱大学是吉登伯勒姆最好也是唯一的综合性大学，前身是私人企业家赞助成立的泰米尔语文学与梵语文学院，1929年在蒙太古－切姆斯福德改革法案的影响下合并为今天的州立公共大学。妻子亦从同一所大学的农学院毕业，业余从事植物标本采集和分裂。听说我对泰米尔语诗歌感兴趣，米纳克希先生高兴地打开书架的玻璃门，取下一本印刷简单的彩虹色封皮小薄册，"祖父生前是马杜赖大学的副校长，同时也是位诗人，我给你们念一首他的诗吧"。

征得同意后，我用手机录下了他读诗的声音。一个个音步长短交错地蹦出，充满齿音、鼻音与卷舌音，如击响一面牛皮纸的小手鼓，也像雄鹿在田间肆意腾跃。我们静静坐着，听这门古老语言的音节凝成节律的珍珠，一颗颗落入空气的无形之盘：

> 香醇的牛奶不是整只小牛，
> 芬芳的花香也不是整片绿洲；
> 没有一整片稻田或树皮，
> 也没有一整潭满盈的池水；
> 海漆不是全部的树木，
> 莲雾不是全部的水果；

一切在我眼中尚未定形，

生命如此奇绝，混沌而斑驳。

这首名叫《自然之善》的小诗只有八行，我边翻简易泰米尔语字典边求助当地人鼓捣出来的译文也一定破绽百出。不过，我的确认为这些朴素的诗句与杰拉德·曼利·霍普金斯（Gerard Manley Hopkins）的名篇《斑驳之美》（"Pied Beauty"）有些异曲同工。比起将一切荣光归于上主并热情赞颂的霍普金斯，玛尼卡姆博士（这是米纳克希先生的祖父在诗集封面使用的名字）的诗里有种令人稍感不安的不可知论，背后站着一个渴望穷尽自然之全部奥秘的博物学家，也站着一个心灵漂泊无锚的浪游者，在短短八行诗之内，"我"暂时松开了绾系能指与所指的绳结，悬置对世界和真实的既有认知。

泰米尔语虽有超过两千年的历史，是泰米尔纳德邦的官方语，是达罗毗荼语系中使用人数最多的语言（约3500万人），也是印度宪法承认的古典语言，其文学成就却一直受到北方梵语传统的遮蔽。甚至连上述几种吉登伯勒姆舞王庙的落成传说，也受到"梵化"的影响，掺入了以梵语而非泰米尔语写作的智者的名字。直到今天，市面上能够买到的英译泰米尔语诗歌选集依然非常有限——出发前我总共在亚马逊上找到两种——中文译介更是几近空白。

米纳克希先生把这册出版于世纪之交、由一白一黄两种颜色的纸张简易装订的泰米尔语诗集送给我们,并郑重代替他祖父签了字,我把它放在随身背包里,走完了此后的南印旅程。然而我心中亦有悬而未决的疑问,比如,为何出生书香世家、子女和孙辈遍布世界各地名校、雇有两个住家用人的米纳克希先生要在本该安度晚年之际经营民宿?这终究是一件辛苦操劳之事,收入又非常有限(最贵的房间也不过2000卢比,折合人民币200元左右)。又比如刚才在客厅,学历与工作并不逊色的米纳克希太太,为何无论我们如何礼让都不肯在客厅入座,而始终小心谨慎地站在丈夫的座位之后?这些私人问题不是萍水相逢之人该问的,并且问题本身都饱含主观预设,但它们依然和此地的许多谜团一样,持久萦绕我在心头,提醒我记得自己的过客视角是多么局限。

此刻,伴着乡间小道上扬起的漫天尘土,昏绿的海漆林在车窗外逶迤退去,我们正离开这座延宕于海陆之间的"觉知之城",驶离孟加拉湾,驶向南印腹地的深处。

2021 年 8 月 20 日

候鸟的许诺

撰文 云也退

　　在加利利海的湖边，我见到一只戴胜鸟，碎碎的羽冠，棕色的前胸和黑白相间的翅膀。我骑车靠近它，然后目送着它从草地走到公路，再飞快地消失。

　　这是2012年的五月，我来观摩一个实现了的梦想。简单来说，它就是"以色列"三个字，具体而言，它是加利利地区的平原、丘陵和河谷。这些地方的果园和农田，都是以色列人的手笔所为，他们从二三十年代的移民和拓荒开始，就懂得协作，讲究平等，擅长创新，相信人定胜天。他们抽干了这里的沼泽地，种上了桉树和柏树，结束了瘟疫肆虐的历史；他们结成的集体农庄是一个个引人神往的共同体，人因为与阳光，与水，与各种元素之间分外的亲密而显得积极、健康，代代相因。

　　扁平的中东仙人掌挂着金红色的果子，樱桃日甚一日地成熟，公路边分布的一个个村落，都繁荣、整饬而寂静。村子里总有一些放大了的照片，展示的是当时的拓荒年代，

"情定"这里的先驱们的样子，那一张张朝气翻腾的脸蛋，那么无忧、无虑且无畏，无比地坚信自己在参与一桩必当铭刻于史册的事业。

但是，有血有肉、能说会道的拓荒者，活在梅厄·沙莱夫（Meir Shalev）的小说《蓝山》[1]（*The Blue Mountain*）里。书中的一位拓荒老人利伯森，在快要离世前翻看昔日的照片，尖酸地感慨道：

> 我们一起来，一起赎回土地，一起耕种，还会一起死，一起被葬成上镜的漂亮的一排。每一张老照片上，总有一排坐着一排站着……前面还有两个躺着，两肘撑着地，一脸动人的模样。四排里有三排最后离开了这个国家。每张照片里都有这么三排人，他们中既有英雄，也有狗熊。

五月底，在戈兰高地西侧的一列小山里，我住进一个袖珍的集体农庄，面对着胡拉河谷。这里也曾是沼泽，50年代抽干了水，改造为良田。冬季下过雨后，太阳会在高地顶上搭起道道虹彩，但现在是夏季，我走出后门廊，就能看到河谷。村里有一条极细的小溪流过，在这个干旱的小国，这足以让村民自傲。有一个老太太看我新来，就邀

---

1 [以]梅厄·沙莱夫著，于海江、张颖译：《蓝山》，上海译文出版社，2006年。

请我在黄昏时到她家门口去。她在家门口摆了点水果，然后拉我去旁边侧耳听。

是水声。这里有一眼汩汩作响的泉水。汉语发明了"汩汩"这个拟声词，简直是了不起的智慧。老太太讲，这个就是晚上来听最好，因为"白天看就没什么意思了"。

我提醒自己，不要觉得因为一个大梦想实现了，而且在全世界都成为美谈，就以为这里的人也都是一些一团和气的易与之辈。并不是。这里的石头缝都能冒出桀骜不驯的气息来。在《蓝山》里，拓荒者见面就吵嘴，一辈子的老邻居，开口都没句好话，常常是以自己的顽固来瞧不起别人的顽固。拓荒者的农庄践行共产主义模式，不容许任何成员保留资产阶级贪图享乐的作风，所有个人财产，哪怕是女人的嫁妆都要没收，以用于生产。那些自由散漫的人，对这一套冷嘲热讽，可又天长日久地活在其中，他们似乎从没把事情想明白过。

事实上，《蓝山》是被我当成一本鸟类的地方志随身带着的，书中出现了太多的鸟名。梅厄·沙莱夫不愧是广受以色列人喜爱的作家，他所写到的鸟，一如现实中的鸟给人的感觉，准确、轻盈、点到即止。小说的主人公巴鲁赫，被外公抚养长大，外公给他洗澡时，便说起芦苇丛中的白鹭，"可爱得像一位招手示意的靓丽女郎"。村里的一头老骡子柴泽尔，劳苦功高，但又邋遢得惹人嫌，它成天被拴在无花果树上，牛背鹭飞来，啄吃它身上的虱子。夏末，空气里"悬浮着一种忧愁"，鹅吭吭地叫着，从中"听得见夏日悲哀的死亡"；到了秋天，一群群的鹳鸟和鹈鹕逶迤着飞向南方，"巨大的翅膀遮暗了山谷的天空"，知更鸟及八哥接踵而至，一大群一大群地盘旋翻飞，"降落后就用自己的粪便给山谷大地遮上一块地毯"……

沙莱夫描写的自然万物都有着人一般的灵气，他写到柴泽尔时，我常常搞不清它到底是人是畜。我在河谷的这几天，也觉得风都有灵魂。五月末的风很小，但随着气温升高，中东的干热风——汉辛风就要从撒哈拉那边驾临，带来尘沙，让门厅重回逾越节大扫除以前的样子。接着又是无风季，空气干燥，直到秋天，东风来到这里摇撼树木，掀翻以色列家庭常常摆在院子里的蹦床，迫使人们每个早晨都要查点夜间的损失。

风有交接班，有收敛，有放纵。鸟类也一样。公园里的4D影院给了我一个惊喜：这里播放一个鸟类纪录片，拍的是每年十月、十一月间，胡拉河谷发生的堪称国家之最的奇观：从欧洲和亚洲飞往非洲的候鸟群，沿着叙利亚前往东非大裂谷，纵穿整个以色列——这一条狭窄的通道，有一个专门的名字叫"黎凡特走廊"。

我是唯一的观众，左摇右晃，脸上时而风时而雨。当银幕上的飞鸟扑过来，翅膀在海面掠起了水沫，所有的座椅都洒上雨露，这似乎不太环保。

候鸟中当先的是鹈鹕，有船形的大嘴，沉甸甸的身子，亮闪闪的银白色双翅。随后是黑鹳，一身优雅的黑，比鹈鹕更轻盈。然后，鹰和长腿秃鹫也来了，野鸭、灰鹭、大鸬鹚……越来越多。黑鸢、秃鹫、斑鹰、翠鸟、麻鸭和朱鹭，成群结队地到胡拉河谷聚集，然后挥师南下。这其中，鹤是最具有人一般的纽带亲情的，它们在湖上鸣声大作，呼唤着亲人同伴，一起飞往埃塞俄比亚，引得人们纷纷出来观赏。

鸟多了，说明生态环境好。胡拉河谷是黎凡特走廊的枢纽站，除了鸟类，这里有巴掌一样大的螃蟹、蟾蜍、中东树蛙、地中海家常壁虎，及各种有毒无毒的蛇。村子周围说是有野猪，它们会突然黑乎乎地冲到公路上，左顾右盼两下，转身又回到山里去；夜间还有豺出现在山上，嗥几声吊吊嗓子。在前往河谷野生公园的路上，我沿着河流行走，看见绿色的水面下有一片片阴影在悠闲地移动。路边的科普牌子及时站出来，说这是鲶鱼，之前的沼泽时期就有，最近十几年，以色列人认识到，封杀沼泽也是破坏生态的做法，于是搞了一些"退耕还沼"，鲶鱼便又多起来了。

治理的是他们，现在退还的还是他们。不过，鸟类始终是过客，不作停留，以色列仅仅是它们选择的一条通道，没有一种鸟是"产自"这里，因而可以打上"独家供应""XX之乡"标识的。"国鸟"则更不是了。我从当地人这里得知，戴胜鸟甚至连动物园都不养，因为这种鸟遍布五洲，却警觉而独立，根本无法饲养。

怪不得2008年，以色列全民投票选了它当国鸟。他们一定是从中看到了某种犹太人的品质：一面是能安居任何地方，却不被任何地方驯养，另一面，不必在耶路撒冷买房，一个背上家当的人就是故乡。

《蓝山》道出了很多有关以色列人的心灵奥秘。他们的桀骜不驯，不是因为他们拥有了什么，或归属了哪一个群体，从而心里踏实，恰恰相反，每当拥有或归属的感觉涌上心头，他们便奋力地打碎它。我们？一介农民罢了。伟大的犹太列祖列宗的故地，好吧，可我们不能靠想着这些吃饱肚子。耶路撒冷？破烂的城市，政界的头头脑脑在那里密谋而已。以色列可能建国，可能建不了国，正反概率大约1：1，是否准备让以色列这个国家出现在地图上，联合国能拍板……而话说回来，这些于我们又有何干？

人们都钦羡以色列人的团结、力量和实现了的梦想，但《蓝山》里的这些拓荒者，却像候鸟一样，似乎都做好了要走的准备。他们本来就是移民，只是这一次移居的地方比较特殊。他们也确实艰苦奋斗了。拓荒者的村庄，最初就是两排简陋的白帐篷，沼泽地从雾霭中派出蚊子来驱赶他们，他们顶住了，建起了平房，外加最基本的牲口棚，然后步步为营，无花果树、石榴树和橄榄树一一扎根。果园一点点成型，再种下桉树和松柏，着手改善水土。拓荒者们拿起枪，建立岗哨制度和生产规范，把公社宪章张贴出去，保护住他们已经取得的每一份成果……

然而利伯森说得对，每一张照片里都有英雄和狗熊，而利伯森之所以这样说，是因为他清楚，这两者就同时活在自己身上。亲身经历了拓荒生涯，人们明白在很多时候，不走只是因为走不了，因为懒惰，因为好朋友还在这里，因为舍不得一个姑娘。一听到"一代人的艰苦奋斗"这样的辞藻，他们便从口鼻放出冷笑。

可是当时过境迁，开始有一些修正主义者跳出来，否认像抽干沼泽这种工作的艰辛时，老拓荒者们也绝不嘴软。小说里，拓荒一代中的代表，皮耐斯老头儿就站出来，用自己的回忆来反击那些胆敢看低他们的事业的人。他甚至在自家挖坑，要重建一个沼泽，然后请全国各地的质疑者都来看一看，给沼泽排水的工作实景是怎样的。

而整部故事的灵魂人物，我觉得还不是这些骄傲而爱较真的老骨头，而是埃夫莱因。他就在封面上，他有着纹理出众的背阔肌、粗胳膊，浅蓝色工装裤里装着可想而知的壮实的腿，但他没有脑袋，脑袋被一头深褐色的牛遮住了，它似乎睡着了，身体压着那个人强硬的脖颈。

自从脸不幸破相后，他就戴上了面具，不同人来往，

只与一头牛相伴。梅厄·沙莱夫这样写他们的"第一次":

埃夫莱因看到小牛犊挣扎着站起来,高兴得难以自制。这小牛脖子粗大,额头方正,腿粗毛软,这一切都让他兴奋得颤抖。他跪下来,手拍着它宽阔的背脊,摘去自己脸上的面罩,小牛犊伸出粗糙的舌头,舔舐他结痂的脸,想从他变形的耳朵鼻子中吮出奶来。它踉踉跄跄,还走不稳。它母亲站在一旁,烦恼地喘着粗气,一边用蹄子埋藏胞衣。

然后,他凭着"一阵令人尴尬的冲动",一把抱起牛犊,扛到肩上,走进院子,又走向田野。牛越长越大,但埃弗莱姆坚持扛着它,离乡出走,消失。后来,江湖上留下了他的众多传说,以及牛的众多后代。

他是走了的,绝无可能为那个实现了的梦想代言,但他却为人代言,为人的自尊和桀骜不驯的权利,为人在土地与感情上的自由代言。比他年长和同代的拓荒者老了,死了,或是移居他方了,在小说中,始终没走的是他的外甥——巴鲁赫,他也是个怪人,十分依恋外公,又得了舅舅的基因,15岁的时候就长到了100多公斤的体重,能够双手把定犄角,掀翻一头小牛犊。他亲近牲畜,不要女人,外公死后,他独自住在旧年的木屋里,沉默地侍弄田园,像一头镇宅之兽那么活着。

　　古怪的巴鲁赫却接管了只有外公那一代人才知晓的秘密：这世上万物的循环流转，与其说是生生死死，是以你死换我活，不如说是候鸟那样的来来去去。梅厄·沙莱夫用"来去"替代了"生死"，我读《蓝山》，感觉不到生死的分量，却体会到了蕴于来去之中的无情的诗意。在抽干了的沼泽的原址，鲜花遍野怒放，但沼泽并没有死，作为人们移山填海所驱逐的厄运，作为一个不受欢迎的未来，它只是去到了地下的某个地方，去到昨天之前的某一天。

　　这秘密向巴鲁赫显现，似乎也是偶然。在他的村子里，每少一个人，杂草就悄悄收回了一片失地，田里的果树就无声地死去一两棵，朝生暮死的黑蚂蚁就肆无忌惮地蛀掉了一棵树干，落在牲畜身上的牛蝇就多了一分嗜血的胆气。有一天，荆棘顶起了他木屋的地板，巴鲁赫找了个伴当，干了一天的活，还没能把这些发自地下的顽症给清除。

　　他想斩草除根，直击要害。他开始挖沟，"一大块一大块的泥土随着锄头的起落飞扬，我割开了玉米地、红花草，从英国高射炮阵地的废墟里穿过，惊呆了鼹鼠和百脚，吓傻了掘起来的陶器碎片和蝼蛄。我挖起能找到的每一根侧枝"。四天以后，巴鲁赫下到了泉水边上，看到了沼泽地在消失时留下的最后一个气孔。恶性植物的母株便是从这里长出来的。巴鲁赫，公牛一样的男人，脚踩着泥土，奋力拔起了植株粗壮而顽固的根系：

地上留下一个巨大的洞，里面升起一团乳白色的毒气，一大群一大群的蚊子随之密密麻麻地飞出来。我朝洞里瞥了一眼，看见古老的水黏稠漆黑，慢慢地打着漩涡。小小的蛴螬贴在水面，用短小的通气管耐心地呼吸着。

巴鲁赫被恐惧攫住，洞里的流水声渐渐响起，朝他袭来。沼泽被桉树封在了土地下面，囚禁在了枝干里，像电影里的魔王一样，只能困住而不能杀死。他猛挥锄头，用最快的速度回填泥土，再发疯一样用尽所有的气力踩实。

胡拉河谷的湖边，几支瞭远镜从凉亭的靠栏上伸出来，让来这里的游人观看湖对面也许正在起飞的鹳、鹤和鹈鹕。原本我该看到的，是梦想实现了的一个个实例，从田野、公路、村庄、果园，到郁郁葱葱的小山，到僻静的水潭，一切都是人类运用智慧和协作精神，在一片荒弃之地上创造的奇迹，但现在，这种一往无前的进步时间观，被从容不迫的循环时间观给取代了。一切皆为暂时，暂时的梦想，暂时的实现，暂时的生命处在永久的流转之中。沼泽去哪里了？也许就在脚下，汩汩的水声中是蚊子的天堂，鲶鱼的故里。

而每一种暂时都希望僭称自己为永久。这便给了个人以桀骜不驯的理由：不要来招降我，不要试图将我纳

一切皆为暂时，
暂时的梦想，
暂时的实现，
暂时的生命处在永久的流转之中。

——
云也退

入到你的业绩之中！相信永恒的人，对事情的处理往往轻
重失度，尤其是难以面对死亡，而要加重它的意义，或从
死带来的痛苦中寻求极大的补偿。可是在《蓝山》里，梅
厄·沙莱夫用来和去的动作，平衡了死这一残酷的下坠。
巴鲁赫的外公，在来巴勒斯坦拓荒之后，一心等待着他的
老友希福利斯过来与他会合，他每天遥望着迦密山——即
"蓝山"，时时觉得，那个熟悉的身影就要出现了。结果并
没有。可他从未失望过，因为还有明天，更因为，即便抵
达也不是终点，希福利斯即便来了，也许第二天又会走。

死亡的恐怖就此被悬搁了，它落到了意识之外，被那
些活在期待之中的人所冷落。巴鲁赫也加入了这一期待，
他遐想着希福利斯到达时的样子："他的身体单薄而干枯，
轻若无物，我背起他，穿过片片田地，找外公去！"他虽
然，恐怕，智商不太高，但他似乎懂得人在时间之中的本
分，就是在时间的长度里切下一小段，爱惜它，并换算成
劳作。他坐在家里的地头，这样"思考"人生：

> 我外公在这里种了开花的果树，亚伯拉罕在草地上放牧
> 奶牛，我在这里种了观赏树和花儿，埋葬死去的人。

但这毕竟是一个比较单纯的世界——农业劳动为王，
机器、公司和市场都在次要的位置，一辈子没有一张银行

卡，反而能从生活汲取平静的智慧。拓荒者和他们的下一代、下两代人，都有大量的时间是望着天的，看雨云，看信鸽，看蝗虫，看候鸟。哲学家加斯东·巴什拉（Gaston Bachelard）合理地预言道，体力劳动将随同汗水、劳累、喧闹声一起从社会生活中消失，一段历史和一类人将被终结——有很大的几率是死去。

在候鸟身上找到劳动者那样的激情，也将越来越难。人们都把激情投入到树立的一个个梦想和目标之中，而我呢，长年读故事的习惯，已让我很难再度产生什么"梦想"，我唯一可做也愿做的事，只是广览世上的造物，多感受一些人的内心，看看他们的成功与失败，他们走向巅峰及跌下来，直至死亡的过程。我的激情，似乎只能在这个意义上成立了。好比出门赴一场宴会，到现场率先看到的，却是前一场宴会撤席后满地狼藉的样子：期待这种戏剧化的体验，在我这里，仿佛完全战胜了对那顿美餐的想望。

在耶路撒冷，我就有一番戏剧化的体验：我兴奋地爬着坡，一个不留神，便翻进了橄榄山上的墓群里。虔心的犹太教徒相信弥赛亚——他们的救世主——早晚要君临人世，到那时，所有埋在这山上的死者都将复活，从墓里钻出来，走向对面的锡安，他们的墓都是白的，没有纹饰，密如新切的豆腐，有一股等待阅兵的肃穆劲儿。想到弥赛亚随时可能降临，我快速踩过一个个坟头往外跑，同时一次次回看，大口大口地呼吸。

如果下一分钟可能会发生踩踏事件，那就让它发生好了，因为这里输出的信念，不也正是用"来去"来代替"生死"吗？"他"一定会来，我们一定会走，"他"也一定会走，我们也一定会来。在这来与往的相对动作之间，是如河水一般涌流的期待。

撰稿人

尚毅，女，四十多岁，在美国某高校从事教学工作，初级观鸟者，业余写作者，爱好多，段位都很低，但老是兴致勃勃。

丽贝卡·吉格斯（Rebecca Giggs），作品主要围绕生态学与环境想象、动物、景观、政治和记忆展开，曾刊载于 *The Best Australian Science Writing*、*The Best Australian Stories*、*Aeon*、*Meanjin* 和 *The Monthly* 等杂志。她任教于悉尼麦考瑞大学。第一本书即将由 Scribe 出版社出版。

李逸帆，正在讲话、翻译和写东西中挣扎得不亦乐乎。喜欢读些理论、奔来的小狗，还有水煮肉片。未来仍在加载中。

阿子，专栏作家（坐家）。

沈书枝，1984年生，安徽南陵人。关注乡村与自然，有散文集《八九十枝花》《燕子最后飞去了哪里》《拔蒲歌》。

任宁，风险基金 ONES Ventures 管理合伙人，播客《迟早更新》《提前怀旧》主播，正在做一个秘密项目。

陈年喜，1970年生，陕西省丹凤县人。有诗歌、散文、评论见《诗刊》《星星诗刊》《北京文学》《天涯》《散文》等刊。出版诗集《炸裂志》，散文集《微尘》《活着就是冲天一喊》《一地霜白》。

刘铮,书评人,现居广州。著有《既有集》《始有集》,译有《纪德读书日记》。

约翰·弗里曼(John Freeman),《弗里曼杂志》编辑,出版有诗集《公园》。

刘漪,自由译者,有两只猫。

严飞,清华大学社会学系副教授、副系主任、博士生导师,研究兴趣集中在历史社会学、政治社会学、城市文化与治理,曾求学于牛津大学、斯坦福大学,著有《穿透:像社会学家一样思考》《学问的冒险》《城市的张望》《我要的香港》等。

包慧怡,青年学者,诗人,译者。著有《我坐在火山的最边缘》《缮写室》《翡翠岛编年》《中古英语抒情诗的艺术》《塑造神圣:"珍珠"诗人与英国中世纪感官文化》《青年翻译家的肖像》等,出版《唯有孤独恒常如新》《爱丽尔》《好骨头》等文学译著十四种,爱尔兰都柏林大学中世纪文学博士,复旦大学英文系副教授。

云也退,生于上海,自由作家、书评人、译者,开文化专栏,写相声剧本,出版有思想传记类译作(《加缪和萨特》《责任的重负:布鲁姆、加缪、阿隆和法国的20世纪》《开端》等),原创作品《自由与爱之地》《勇敢的人死于伤心》。

图书在版编目（CIP）数据

单读. 30, 去公园和野外 / 吴琦主编. —— 上海：上海文艺出版社, 2022（2023.7重印）
ISBN 978-7-5321-8309-8

Ⅰ.①单… Ⅱ.①吴… Ⅲ.①社会科学—文集②杂文集—世界 Ⅳ.①C53②I16

中国版本图书馆CIP数据核字(2022)第026384号

发 行 人：毕　胜

责任编辑：肖海鸥

特约编辑：赵　芳　何珊珊　罗丹妮

书籍设计：李政坷

内文制作：李俊红　李政坷

书　　名：单读. 30, 去公园和野外

主　　编：吴　琦

出　　版：上海世纪出版集团　上海文艺出版社

地　　址：上海市闵行区号景路159弄A座2楼　201101

发　　行：上海文艺出版社发行中心
　　　　　上海市闵行区号景路159弄A座2楼206室　201101　www.ewen.co

印　　刷：山东临沂新华印刷物流集团有限责任公司

开　　本：787×1092　1/32

印　　张：9.125

插　　页：12

字　　数：169千字

印　　次：2022 年 3 月第 1 版　2023 年 7 月第 5 次印刷

Ｉ Ｓ Ｂ Ｎ：978-7-5321-8309-8 / I.6560

定　　价：54.00 元

告 读 者：如发现本书有质量问题请与印刷厂质量科联系　T:0539-2925659